『お前たちは俺たちの包囲殲滅陣形によって完全に包囲されている。無駄な抵抗は止めるのだな』

ただの象ではない。象型モンスター上位種
『ブラック・エレファント』である。
「うむ。よき個体だ。
ならば、こちらも敬意を
もって応えよう」

「……なんだあれ？」
騎士団の制服を着た一人の少年が、
水の上を歩いていた。

二人が泊りがけで温泉旅行をするのだ。
よってリックの目的とは。
（俺はこの旅行の間に、
リーネットとセ〇〇スするッッッ!!）

新米オッサン冒険者、最強パーティに死ぬほど鍛えられて無敵になる。

6

岸馬きらく

口絵・本文イラスト　Ｔｅａ

新米オッサン冒険者、最強パーティに死ぬほど鍛えられて無敵になる。6

前回までのあらすじ

二つ目の『六宝玉』が指し示したのは、世界一厳しいと言われる学校、東方騎士団《きしだん》学校だった。三つ目の『六宝玉』を求めて東方騎士団学校に潜入《せんにゅう》する『オリハルコン・フィスト』の面々だったが、なかなか発見に至らない。

その間に、リックの同室だったアルク・リグレットが学校長クラインに誘拐《ゆうかい》される。クラインの正体は、特等騎士《きし》クライン・ガレス・イグノーブル。リック不在の時を狙《ねら》われ、仲間たちの抵抗虚《ていこうむな》しく連れ去られるアルク。それを聞いたリックは激怒《げきど》する。

同時に『オリハルコン・ファイスト』のメンバーは、再び『六宝玉』の在《あ》り処《か》を探索魔法《たんさくまほう》で探したところ、なんと偶然《ぐうぜん》にも示すポイントは東方騎士団本部、つまり、クラインのいる場所に移動していたのである。

「先輩方《せんぱいがた》、取っておいた最後の手段（襲撃《しゅうげき》）使いましょう」

リックの言葉に、ブロストンたちは愉快《ゆかい》そうにニヤリと笑ったのであった。

第一話　包囲殲滅陣形《せんめつじんけい》

早朝。

レストロア邸《てい》当主執務室《しつむしつ》。

「ふう。ああ、いいですわね。ここ数か月、本当に平穏《へいおん》ですわ」

ティーカップを片手に一人そう呟《つぶや》くのはレストロア領の領主、ミーア・アリシエイト・レストロアである。

つい数か月前は、滅茶苦茶《めちゃくちゃ》な連中の滅茶苦茶な要求を通すべく、休む暇《ひま》もなく色々なところに駆《か》けずり回《まわ》って根回しする羽目になったが、あんな悪夢を味わうこともない。

「はあ、紅茶の美味《おい》しい素敵《すてき》な朝ですわ……」

そう言って、ティーカップをソーサーに置いた。その時だった。

ガシャアアアアアアアアアアン‼

という音と共に、南側の窓ガラスが木《こ》っ端《ぱ》みじんに砕《くだ》け散《ち》った。

ガラスを粉砕《ふんさい》したものの正体は、黒い蝙蝠《こうもり》。アリスレートの使い魔《ま》のソテーである。

愛よりも食欲を感じるネーミングセンスである。

「…………」

ミーアの全細胞《ぜんさいぼう》がティーカップを置いた姿勢のまま固まった。

嫌《いや》な予感がする。というか、嫌な予感しかしない。

使い魔のソテーは、パタパタとミーアの方に飛んでくると口に咥《くわ》えていた一枚の紙を机の上に落とす。

その紙にはこう書かれていた。

『今から東方騎士団本部に殴《なぐ》り込みをかける。大義名分づくりのためにミーア嬢《じょう》の名前を使うので、本部長クライン・イグノーブルが行っている不正行為《こうい》の証拠《しょうこ》を用意してくれ。今日中に。　ブロストン・アッシュオークより』

バタンと、ミーアはテーブルの上に倒《たお》れ込んだ。

□□□

リックが去った後。ヘンリーはしばらく呆然《ぼうぜん》としていた。

すると、自分の手荷物の中にあるものを見つける。

『英雄《えいゆう》ヤマトの伝説』である。

ヘンリーは導《みちび》かれるように本を手に取り、ページを開いた。

第四章「呪《のろ》われし姫君《ひめぎみ》」のページである。

旅を続けるヤマトはある国で姫《ひめ》に一目ぼれする。

しかし、その姫には呪いがかかっていた。

悪魔《あくま》にかけられた、周囲の人間を巻き込んで不幸にしていく呪い。

呪いゆえに他人を遠ざけようとする姫に、ヤマトは何度も何度もアプローチをかける。

そして、章の終盤《しゅうばん》。

強大な力を持つ悪魔にさらわれ、今まさに生贄《いけにえ》にされようとしていた姫を助けに来たヤマトに対して、姫は言う。

なぜ、自分に関《かか》わろうとするのか。私は不幸をまき散らすだけの存在なのに。

そして、ヤマトはこう叫《さけ》ぶのだ……。

「……」

思い出す。

初めてこの第四章を読んだ時を。

血が熱くなった、胸が高鳴ったのだ。

暗い部屋の隅《すみ》で膝《ひざ》を抱《かか》えていることしかできない弱い自分にも、こんな熱い思いがあると初めて知ったのである。

いつか、いつかきっと、こんな自分でも。大切に思える人を見つけた時には守れるくらいの強さが欲《ほ》しいと。

「でも……僕《ぼく》は」

「おい、ヘンリーいるか？」

その時、リックが先ほど出ていった扉《とびら》からガイルが現れた。

全身に包帯を巻いた痛々しい姿である。

「リックの兄貴を見なかったか？」

「え？　リックさんならさっき出ていきましたけど、その……アルクさんを助けに騎士団本部に」

「ちっ、もう出ていっちまったか」

舌打ちして、部屋を出ていこうとするガイル。

「ちょ、ちょっと待ってよガイル。まさか、その体で行く気なの⁉」

ヘンリーはそんなルームメイトを引き留める。足取りもふら付いていて、意識があるほうが不思議なほどに満身創痍《まんしんそうい》の状態であった。いくらなんでも無謀《むぼう》すぎる。

「あたりめえだろ。つか、お前は行かねえのかよヘンリー」

「だって、僕らが行ってもあのクライン学校長に太刀打《たちう》ちできないじゃないか。リックさんに任せた方が絶対にいいよ」

「……なんだ、そりゃ？」

ガイルはその言葉を聞いて、ヘンリーの方へ歩み寄っていく。

そして。

「だってもクソもあるか!!」

ガイルはヘンリーの胸倉《むなぐら》を掴《つか》み上《あ》げた
「ヘンリー、お前は賢《かしこ》いな。確かにおめえの言う通りかもしれねえよ。リックの兄貴に比べたら俺《おれ》の力なんか大したことはねえし、あの化け物どうにかできるとか自信もって言えるかよ。そうだ、お前の言ってることは正しい、論理的だ。間違《まちが》ってねえ」

「だったら……」

「だが、てめえの顔はそう言ってねえ!!」

「えっ……」

ガイルに言われたそれは、ヘンリーが自分自身では全く分かっていなかったことで。

「俺は、あの学校長に腹が立った、ダチが苦しい思いをしてるのが許せねえ、このまま外から眺《なが》めてるのは嫌だ。だから行く!!　無謀でもな。もう一度聞くぞ、ヘンリー。お前はどうす……ぐっ」

ガイルの体がその場で崩《くず》れ落《お》ちた。

「ガイル!?」

ガイルはその場に倒れこみ意識を失っていた。

見れば、体中に巻いた白い包帯の大部分が大量の出血で赤く染まっているではないか。

こんな大怪我《おおけが》で今まで立てていたことが不思議なほどである。

ガイルはこんな状態でも、アルクを助けに行こうとしたのだ。

それに比べて、自分は……。

「僕は……僕はッ!!」

ヘンリーはゆっくりと立ち上がった。

□□□

東方騎士団本部は元々王国の東部が帝国《ていこく》との戦争の最前線であったという歴史的背景もあり、東西南北と中央の五つの本部の中でもっとも大規模な軍隊による襲撃を想定した作りになっている。

360度周囲を囲む高く分厚い壁《かべ》、さらに本部に備蓄《びちく》された武器弾薬《だんやく》の数は、中央本部すら凌《しの》ぐほどである。

そんな東方騎士団本部の敷地内《しきちない》の中央にそびえたつ、城のように見える建物。その最上階が学校長、そして東方騎士団本部長でもあるクライン・ガレス・イグノーブルの執務室である。

本部長ともなれば、執務室の広さと豪奢《ごうしゃ》さは大貴族の自室と大差ない。

クライン本部長は、気を失っているアルクを赤い高級カーペットが敷《し》かれた床《ゆか》の上に両手を縛《しば》り上げて放《ほう》り出《だ》した。

「無駄《むだ》に手間どりましたが。後は、明日引《ひ》き渡《わた》して終わりですね」

クラインはデスクの上に置かれた菓子《かし》を鷲掴《わしづか》みにして頬張《ほおば》った。

ゴリゴリと咀嚼《そしゃく》しながら今後の予定を考える。

「今後はこういう仕事をもっと引き受けましょう。やはりセコセコと帳簿《ちょうぼ》を誤魔化《ごまか》すのとは実入りが違《ちが》いますからねえ。なーに、騎士団学校の内部で起こったことならどうとでも揉《も》み消《け》せるように……」

そこで、クライン本部長はあることに気づく。

「……何やら外が騒《さわ》がしいですね」

すると、執務室のドアの向こうからノックが聞こえてきた。

「本部長。報告があります」

「わざわざ入ってこなくていいです。そこで話しなさい」

「はっ!! つい先ほど……その、なんと申しますか、オークのような者が本部の前に現れまして。『レストロア侯爵《こうしゃく》の使いのものである。クライン本部長に不正の疑いがあるから今すぐ出頭せよ』などと申しております」

「くだらないですねえ。いちいち私に報告しなくても構わないですよ。追い返してしまいなさい」

「了解《りょうかい》いたしました!!」

「ふん。レストロアの狸野郎《たぬきやろう》の娘《むすめ》ですか。小賢《こざか》しい……」

□□□

東方騎士団本部の司令室は、前代未聞《ぜんだいみもん》の事態に慌《あわ》ただしくなっていた。

何せ、いきなり言葉をしゃべるオークが現れて「お前のところのトップが不正しまくってるから身柄《みがら》をさしだせ」などと言ってきたのである。

しかも。

『あー、あー、テステス。ふむ、これは便利だなミゼットよ』

何やら見たこともない道具を使って声を大きくし、本部全体に響《ひび》き渡るようにしてこんなことを言ってくるのだ。

『お前たちは俺たちの包囲殲滅陣形によって完全に包囲されている。無駄な抵抗《ていこう》はやめるのだな。黙秘《もくひ》を続ける場合は実力行使に移る。10数えるぞ。10、9、8』

司令官はその舐《な》め切った態度に、歯ぎしりをしながら言う。

「実力行使だと？　訳の分からんことを。ここが国の警察警備軍事を司《つかさど》る場所だと分かってないのか……それにしても包囲？　おい、敵の数は何人だ？」

「それが……その……」

司令官に尋《たず》ねられた部下は、言いにくそうに、というか自分でも事実を疑っている様子で口ごもる。

「おい、なんだ!!　早く言え!!」

「それが……敵の数は四人です」

「……は？」

司令官の動きが一瞬《いっしゅん》、完全にフリーズする。

「な、なんだそれは!!　本部には団員の寮《りょう》もあるから、待機中の人間も含《ふく》めて四千人は戦力がいるんだぞ!?　頭がおかしいのか!?」

「お、お気持ちは分かります。でも、本当に周囲を確認《かくにん》しても東西南北の門の前に一人ずついるだけなんです!!」

『3、2、1……時間切れだ。残念だな。非常に残念だが……実力行使に移らせてもらう』

「し、司令官!!」

望遠鏡を使って門の前の様子を見ていた部下が言う。

「オークが!!　止めに入った団員を殴り飛《と》ばしました……ああ、また!!　すでに二十人はやられています!!」

「こんの、馬鹿《ばか》にしおって。おい!!　警備部隊は全員完全武装して迎《むか》え撃《う》て。なんなら勢い余って殺してしまっても構わん。国家権力を舐めた罪を思い知らせてやれ!!」

□□□

昨晩、同僚《どうりょう》たちと遅《おそ》くまで飲んでいたのに急に叩《たた》き起《お》こされた一等騎士ジルベルト分隊長は苛立《いらだ》ちながら北門の前に立った。

何やら頭のおかしな襲撃者《しゅうげきしゃ》がたった四人で本部を制圧しに現れたとか。

ふざけた冗談《じょうだん》である。こんなアホなジョークのせいで夜勤前の貴重な時間を潰《つぶ》されるなど、あってはならないことだ。

全身を重装備で固め鉄製の盾《たて》を持ったジルベルトは、怒《いか》り心頭な様子で門の前に立ち怒《ど》鳴《な》るようにして言う。

「止まれ!! 今すぐ止まれば最低限の罪で……」

しかし、襲撃者を一目見た時ジルベルトは、いや、北門に配備された大勢の騎士たちは言葉を失った。

メイドである。

息を呑《の》むほどに見目麗《うるわ》しいダークエルフのメイドが、たった一人でこちらに向かってゆっくりと歩いてくるのだ。

メイドの眼前には完全武装をした百を超《こ》える騎士たち。なんとも珍妙《ちんみょう》な絵面である。

メイドが長いスカートをめくり上げ、引き締《し》まりつつもどこか柔《やわ》らかさを感じさせる太ももに括《くく》り付《つ》けてあるホルスターから、何か銀色に光る細いものを取り出す。

そして、優雅《ゆうが》に一礼するとこう言った。

「こちらも手心を加えますが、そちらの方でも致命傷《ちめいしょう》は避《さ》けるよう努力していただければ助かります。また、降伏《こうふく》に関しましてはいつでも承《うけたまわ》っておりますので、遠慮《えんりょ》なく申し出ていただければと思います」

あれは、煽《あお》っているのか？　などとジルベルトが思ったその時。

「では、『断裁剣姫《だんさいけんき》』リーネット・エルフェルト。参ります」

突然《とつぜん》、ジルベルトの隣《となり》にいた騎士が血を噴《ふ》き出して倒れた。


「……え？」


いつの間にか、ジルベルトの隣、騎士たちの集団のど真ん中にメイド、リーネットが立っていた。

（お、おい。どうなってんだ。さっきメイドがいた場所からここまで50ｍはあるんだぞ⁉）

再びリーネットの姿が消えた。

と思ったら今度はジルベルトの目の前に現れる。

「なっ!!」

速いなんてものじゃない。これでは瞬間《しゅんかん》移動である。

リーネットは右手をジルベルトに向かって振《ふ》りかぶる。

咄嗟《とっさ》に盾でそれを防ごうとするジルベルトは、リーネットの右手に持ったものを見て驚《きょう》愕《がく》する。

「ま、待ち針!?」

一閃《いっせん》。

ヒュンと、風を切る低い音と共に、リーネットの右手が振り下《お》ろされた。

鉄製の厚さ10㎝の盾ごと、鎧《よろい》をまとったジルベルトの体が真一文字に切《き》り裂《さ》かれた……

しかも、なんの変哲《へんてつ》もない待ち針で。

「があああああああああああああああああああああ!!」

苦悶《くもん》の声を上げてその場に倒れるジルベルト。

さらに恐《おそ》ろしいことに。受けた傷はちょうど立ち上がって戦うことができなくなるくらいの傷であった。

絶妙《ぜつみょう》なまでの理想的な半殺しである。

「か、かかれえええええええええ!!」

騎士たちがリーネットに次々と切りかかっていく。

しかし、かすりもしない。剣《けん》がリーネットに当たる直前にその姿は消え、その度に騎士たちの誰《だれ》かが血を噴き出して倒れていくのである。

「な、なんだ……これは、悪い夢か？」

「私で良かったですね。他のお三方に比べれば私の戦闘《せんとう》能力はまだ常識的ですから」

□□□

東門の騎士たちは阿鼻叫喚《あびきょうかん》の渦《うず》に呑み込まれていた。

「だ、誰か!!　誰かあのオークを止めろおおおおおおおおおお!!」

部隊長の悲鳴のような指示が飛ぶ。

騎士の軍勢が突撃《とつげき》していく先には、ゆっくりと門の方に歩みを進めてくる一匹《ぴき》の巨漢《きょかん》。

ブロストン・アッシュオークである。

その歩みを止めようと、槍《やり》や剣や斧《おの》といった様々な武器がその体に叩きつけられるが、全《すべ》てその重厚《じゅうこう》で分厚い筋肉に弾《はじ》かれ、傷一つ負わせられない。

そして。

「もう半歩深く踏《ふ》み込め！　手首を立てて刃《は》筋を通せ！　脇《わき》を締めて腕《うで》の力だけでなく体重の移動で振り下ろすのだ!!」

などと、思わず騎士たちがハッとするような的確な忠言を送りつつ。

「ごはああああああああああああああ!!」

「ぐわあああああああああああああああああ」

「ぎやあああああああああああああああ!!」

その太い腕を一振《ひとふ》りするたびに、騎士たちが宙を舞《ま》っていく。

部下の一人が半泣きになりながら部隊長に言う。

「た、隊長ぉ……無理です、我々の手には負えません。いったいどうすれば……」

「ええい、弱音を吐《は》くな!!　つい先月調整の終わったアレを出せ!!」

「あ、あれですか？　しかし……個人相手にあれを使うのは余りにも」

「いいからさっさとしろ!!　そもそもあれは人じゃなくてオークだ!!　それとも貴様がその手に持った剣で止めてくるか？」

「い、今すぐ準備いたします!!」

□□□

少しすると、ブロストンの前にいた騎士たちが急に左右に分かれた。

「む？」

ブロストンが兵士たちがいなくなってできた道の先を見る。

巨大《きょだい》な影《かげ》がズンズンという大きな音を立てて、こちらに迫《せま》ってきていた。

「ほう」

ブロストンはその姿を見て、興味深そうに唸《うな》った。

現れたのは人を乗せた真っ黒な象である。

戦のために調教され、そのサイズと重量で敵の隊列を蹂躙《じゅうりん》する。いわゆる戦象というやつである。

だが、異様な点が一つ。

デカい。圧倒的《あっとうてき》にデカい。

体長、優に20m。体重200トン超《ちょう》。ただの象ではない。象型モンスター上位種『ブラック・エレファント』である。

その威容《いよう》まさに桁違《けたちが》い。身長230cm、体重300kgのブロストンですら小さく見える。

「ふむ。騎士がテイマーの真似事《まねごと》か。まあ、馬を使っているのだから今さらだが……それはそれとして」

　ブロストンは戦象を見上げて言う。

「うむ。よき個体だ。筋力、内臓、精神力どれも高いレベルで鍛《きた》え上げられている。調教師もこのブラック・エレファント自身も大したものだ。ならば、こちらも敬意をもって応《こた》えよう」

　ブロストンはそう言うと、親指を上げた状態の拳《こぶし》、いわゆるサムズアップを戦象に向けた。

　そして、そこから拳を斜《なな》め45度に傾《かたむ》ける。

　周囲からざわめきが起こる。あれはいったい何をしているんだ？　と。

「『クオーターサムズアップ』。『オークの騎士道《きしどう》』と言われる風習だ。オーク種は諍《いさか》いが起こった時、こうして親指を立てて斜めにした拳を互《たが》いに合わせ、その後、回避《かいひ》を禁止した素手《すで》による殴り合《あ》いをどちらかが倒れるまで行う。より強く頑丈《がんじょう》な個体が優秀《ゆうしゅう》とされる種族ゆえの習性だな。つまりだ……」

　ブロストンは両手を大きく広げて、まるで敵を受け入れるかのような姿勢になる。

「今から俺は神から強き肉体を授《さず》かったオーク種の誇《ほこ》りにかけ、防御《ぼうぎょ》も回避もせず、ただ真正面から前進して貴様を殴るという宣言だ。だから貴様も、遠慮なくその力を俺に叩きつけるといい」

その言葉に今更《いまさら》ながら周囲の人間は、このオークの正気を疑った。

確かに、この灰色のオークは凄《すさ》まじい巨体《きょたい》と剛力《ごうりき》を誇る。しかし、相手の戦象のサイズは文字通り桁《けた》が違う。

それを真正面から受けると宣言しているのだ。

戦象の上に乗る騎士は、何かの罠《わな》ではないかと疑った。しかし、やることは変わらない。

「いけ!!」

騎士の指示を受け、戦象が咆哮《ほうこう》と共に駆け出した。

その一歩一歩が小規模な地震《じしん》のごとく地面を震《ふる》わせ、巨体を加速させていく。

象は遅い。

図体《ずうたい》のデカい生物の動きは遅い。

というのは勘違《かんちが》いである。

彼《かれ》らは小回りが利《き》きにくいのであって、直線の速さでは決して遅いわけではない。むしろ、驚《おどろ》くほど速い。何せ一歩で進める距離《きょり》が違うのだ。通常の体長６ｍほどの象でさえ、１００ｍを９秒台で駆け抜《ぬ》ける加速力を持っている。つまり、時速にして40㎞を超えるのだ。

それが、三倍のサイズを誇るブラックエレファントともなれば、最高速で言えばもはや軍馬ですら軽く凌駕《りょうが》する。

そのスピードを目一杯《めいっぱい》のせた質量200トンのぶちかましが、ブロストンに直撃《ちょくげき》した。

激突《げきとつ》音はもはや生物の体同士がぶつかった音ではなかった。破裂音《はれつおん》というか、爆発音《ばくはつおん》というか。

水面に掌《てのひら》を打ち付けた音を何百倍にもしたかのような轟音《ごうおん》である。

しかし。

「嘘《うそ》……だろ……!?」

戦象の上に乗る騎士は、目の前の光景を信じられなかった。

完璧《かんぺき》に受け止めていた。

速度と膨大《ぼうだい》な質量の掛《か》け算《ざん》を受けてなお、ブロストン・アッシュオークは僅《わず》か1㎜すら後退していない。

「良き一撃《いちげき》であった。では、次はこちらの番だな」

ブロストンはそう言って、突撃してきた戦象の頭に手を添《そ》えると。

ズッ、と一歩前進した。

それに伴《ともな》い、戦象の四本の大木のような太い足が地面を抉《えぐ》りながらブロストンが進んだの同じ距離を押《お》し戻《もど》される。

さらに一歩、ブロストンが進む。戦象が一歩分押し戻される。

信じがたい光景に、騎士たちは言葉を失った。まるで、一人の人間が城を押して動かしているかのような、ありえない現象であった。

ブロストンは一歩、さらに一歩と前進していく。戦象も足を踏んばり必死の抵抗を見せるが全く意に介《かい》さない。

東門の警備部隊長は、そこでハッと我に返る。

ブロストンが進むその先には、戦象を通すために開いてしまった城壁《じょうへき》の門がある。

マズイ!!　この化け物を門の内側に入れたら駄目《だめ》だ!!

「全員退避《たいひ》!!!!　こいつとまともにやりあっては駄目だ。一先《ひとま》ず城壁の内側に退避して、門を閉めるんだ!!　急げっっ!!!!!!」

この化け物を本部の中に入れるのはまずい。そう判断した部隊長はあらん限りの声を張ってすぐさまその指示を飛ばした。幸い東方騎士団本部の城壁は全騎士団施設《きしだんしせつ》の中で最高の頑強《がんきょう》さを誇るため、逃《に》げ込んでしまえばなんとかなるという判断であった。

伝令たちは、これまた必死の形相で各分隊へ指示を伝達する。自分たちも一刻も早く門の内側に避難《ひなん》してしまいたいが、そこは職業軍人としての責任感をフルスロットルに叩き込んでなんとかねじ伏《ふ》せた。

指示を受けた騎士たちは我先にと城壁の内側へ駈《か》け込んでいった。むしろ、指示する前から門の内側に逃げようとした不届き者もいたようだが、今はそんなことにかまっている場合ではないのである。

そんな中でも、動けない他の隊員を抱えて走った者たちは、軍人として以上に人間の鑑《かがみ》であると言ってもいいだろう。もはや勲章《くんしょう》ものである。

ブロストンはその間にも、戦象を真っすぐに押し込んでいく。

「隊長、団員は全員退避しました!!」

「よーし、城門を閉めろ!!」

部隊長の言葉で門が閉まっていく、しかし、ブロストンに押し戻されている戦象も目前である。

「「間に合え!!!!」」

部隊長と団員たちの悲鳴のような叫びが天にまで届いたのか。

ズン、と。重々しい音を立てて。門が閉まった。

もちろん、内側にブロストンは入ってきていない。

次の瞬間。

ズドンという大きな衝撃《しょうげき》。戦象が城壁に叩きつけられた音である。

「「「ッッッッッ!!!!」」」

全員が息を呑んだ。

しかし。

分厚い城壁は壊《こわ》れなかった。さすがの頑丈さである。

「よし!!!!」

部隊長がガッツポーズを取り、内側に退避した団員たちが皆《みな》、ホッと一息ついた。


だが。

城壁の外側では。

「ブラック・エレファントよ。貴殿《きでん》の素晴《すば》らしき闘争《とうそう》に、我《わ》が誇りで応えよう」

ブロストン・アッシュオークがその大きな拳を振りかぶっていた。

そして。

右ストレート一閃。

バキイイイイイイイイイイイイイイイイイイイイイイイイ!!

という轟音と共に、壁に押し付けた戦象ごと厚さ30m強の城壁を一撃で粉砕した。

「あ、ああ……」

城壁の中でほんの一瞬だが安堵《あんど》を得ていた騎士団員たちは、皆一様に口をあんぐりと開けて呆然とするばかりであった。

「祝福よ、血に濡《ぬ》れたこの手に。『ハイ・ヒーリング』」

瓦礫《がれき》となった城壁の破片《はへん》を踏み砕きながら敷地《しきち》の中に入ってきたブロストンは、戦象にヒーリングをかけていた。

「……よし、これで数日もすれば動けるようになるだろう。よき闘争ができた、感謝するぞ」

ブロストンは戦象にそう言うと、騎士団員たちの方を見た。

騎士団員たちが一斉《いっせい》に後ずさる。

そんな彼らにブロストンは言う。

「しかし、貴様らはオレが相手で運がいい。どこぞの質の悪い快楽主義者と戦わずに済むのだからな」

□□□

南門の警備部隊長。マダック一等騎士は非常に慎重《しんちょう》な男であった。

「詳細《しょうさい》不明の敵に、わざわざ身をさらしてやる必要など微塵《みじん》もない」

マダックは城壁を閉め切り、矢狭間《はざま》の前にクロスボウを持った弓兵を配備した。近づき次第《しだい》掃射《そうしゃ》しろと命令してある。

防御を固め、敵の攻撃《こうげき》が届かないようにして一方的に攻撃し続ける。魔法《まほう》が絡《から》んでくると少し事情は変わってくるが、それでも戦術の王道である。

マダックは自身も物見台に立ち、望遠鏡を使って襲撃者の様子を観察する。慎重なこの男は情報収集にも余念がない。常に冷静に状況《じょうきょう》を判断し、適切な指示を出すのが指揮官たるものの役目である。

しかし、望遠鏡に移ったモノを見てマダックの脳は一瞬で混乱した。

「な、なんだ？　あれは……」

ガラガラと音を立てながら、ゆっくりとこちらに迫ってくる影が一つ。

その姿はなんというか、象の鼻のような大きさの火筒が付いた巨大な鉄のネズミと言ったらいいのだろうか。いくつもの車輪で長い帯を回して地面を進む姿は異様な迫力《はくりょく》を感じさせる。

マダックにはこの鉄のネズミが戦車に分類されるものだということが分からなかった。

当然である。戦車というのは馬に引かせるものなのだ。

今のマダックには分かるはずもないことだが、順当に考えてこのレベルの完全機械製の戦車が登場するのは千年近く先のことである。

だが、鉄の塊《かたまり》の中からひょっこりと顔を出しているこの男。

「いやー、『マーガレット三号』ええ感じの乗り心地《ごこち》やで。騎士団《きしだん》相手に試《ため》せてラッキーやな」

『千年工房《こうぼう》』ミゼット・エルドワーフはその千年先の兵器を、当たり前のように今この時代に実現させる。

「マダック部隊長!!　襲撃者が射程に到達《とうたつ》しました。どうしますか?」

「構わん。事前の指示通りに射て!!」

マダックの指示が飛ぶと同時に、一斉に矢狭間から矢が放たれる。

「よっと」

ミゼットは首を引っ込めて、鉄のネズミの中に身を隠《かく》した。

クロスボウで高所から一斉に放たれた矢は生半可な盾では貫《つらぬ》かれてしまうほどの威力《いりょく》がある。それが三百本一斉に降りそそぐ様はまさに死の雨である。通常の歩兵であればあっという間に串刺《くしざ》しにされていただろう。

が。

きかない。

貫けない。

進行を止められない。

分厚い装甲《そうこう》で隙間《すきま》なく全身を覆《おお》った鉄のネズミは、矢の雨を本当に単なる小雨《こさめ》の中を進行するがごとく平然と鉄の帯をかけた車輪を回しながら進んでいく。

それは、何度打ち込んでも同じであった。装甲の強度に対して叩きつけているエネルギーが弱すぎるのだ。

雨だれは石を穿《うが》つこともあるだろう。

しかし、兵器は石ではない。悠長《ゆうちょう》に攻撃を受け続けるなどありえないのだ。

鉄のネズミに取り付けられている大きな筒が、城壁の中腹に向いた。

「よっしゃ、マーガレット三号主砲《しゅほう》『ワイノイチモツ』発射!!」

次の瞬間。

大地と大気を揺《ゆ》らす轟音と共に、口径88㎜の砲塔《ほうとう》から重量10㎏の徹甲弾頭《てっこうだんとう》が放たれた。

放たれた鉄の塊はライフル回転をしながら時速2916㎞で空気を切り裂き、恐るべき熱とエネルギー量をもって城壁に命中。

ドゴオオオ!!!!!!

という盛大な破砕音《はさい》。多少の魔力《まりょく》加工を施《ほどこ》してはいるものの、石を積み上げただけの城壁などなんの障害にもならなかった。

騎士団施設最大の防御力《ぼうぎょりょく》を誇るはずの城壁は、まるで大人がおもちゃの積み木を蹴散らかしたかのように崩れ落ちていく。

「「「……」」」

マダックをはじめとする、その場にいた全ての人間は言葉を失う。

なんだアレは……と。

違う。あまりにも違いすぎる。思想が、概念《がいねん》が、それらを実現する技術が。

一方的に敵を攻撃し制圧するという戦術の基本。その概念に対するアプローチの完成度が自分たちとは何百年も隔絶《かくぜつ》してしまっている。

そんな、騎士団員たちに対して、ミゼットはヘラヘラと笑いながら言う。

「まあ、あれやね。君ら運がええよ。少なくとも最悪の外れくじを引くことがなかったんやからね」

□□□

「アッ、ハッ、ハッ、ハッ、ハアアア!!!!!!」

少女《さいあくのはずれくじ》の楽しそうな笑い声が西門前に響き渡っていた。

地獄《じごく》絵図とはまさにこのことである。

よく分からない光を受けて、城壁がバターのように溶《と》けていた。

謎《なぞ》の竜巻《たつまき》が急に発生し、巻き込まれた騎士《きし》たちが紙吹雪《かみふぶき》のように宙を舞っていた。

少女に向けて放たれた矢や銃弾《じゅうだん》や砲弾《ほうだん》は、全て空中で意味不明の火花を散らして焼け落ちる。

要するに、とにかく、なんというか、何がなんだか分からないのである。

「…………これはひどい」

西門の警備部隊長は呆然《ぼうぜん》としながらそう呟《つぶや》いた。まるで他人事のような言いぐさであるが、眼の前で起きている破壊《はかい》劇があまりに現実味がないのである。

あの少女が魔法を使っているのだろうというところまでは分かる。だが、騎士の中でも魔法に詳《くわ》しいはずであると自負している西門の警備部隊長にも、彼女《かのじょ》がいったいどうやってどの魔法を使っているのかさっぱり分からなかった。

「ふふふふ～ん、ふふふふふ～、ふーふふ、ふふふふふふふ～ん♪♪」

『壊滅魔童《かいめつまどう》』アリスレート・ドラクルは、楽し気に歌を口ずさみながらテクテクと本部の方に歩いてくる。その手には食べ物がいっぱいに詰《つ》まったバスケット。完全にピクニック気分であった。

西門前で戦闘が開始されてから僅か数秒のことである。

用意されていた備え、装備、人員、戦術は文字通り壊滅《かいめつ》したのだ。

アリスレートは取り出したリンゴを頬張りながら言う。

「リックくん。もう、お友達のところについたかなー？」

□□□

アルクの両親は一言で言えば非常に商人らしい人間だった。

『いいかアルク。お前が今食べているパンも着ている服も、全て私たちが金を払《はら》っている。これは投資だ。だからお前は私たちに対して優秀さと有用性を示さなくてはならない』

アルクはその言葉に忠実に応えようと努力した。

優秀な成績、模範的《もはんてき》な生活態度、友人たちが遊戯《ゆうぎ》や恋《こい》に熱中する間もひたすらに努力を重ねた甲斐《かい》もあり、頭抜《ずぬ》けて優秀な成績を収めることができた。

一方、弟は生まれつき体が弱かった。国民学校にまともに通うことのできない弟のことを両親は「不良債権《さいけん》」と吐き捨《す》てた。

しかし、姉弟《していい》の仲は良好であった。

体調を崩して寝《ね》込んだ弟の看病はアルクの仕事だった。弟に食事を作って持っていくといつもこんなやり取りをする。

『僕《ぼく》のことはいいよお姉ちゃん。勉強大変でしょ？　僕になんか構ってもお姉ちゃんに返せるものなんて』

『いいのよ。私はアナタのお姉ちゃんなんだから』

『ふふふ、お姉ちゃんはいいお嫁《よめ》さんになるね』

『相手がいたらね』

『いなかったら僕がもらってあげる』

『バカ言ってるんじゃないの……食べたら休んでなさい、本持ってきてあげるから』

『ありがとう。お姉ちゃん』

アルクにとってはそんな他愛《たあい》ないことを弟と話す時だけが、唯一《ゆいいつ》の心休まる時間だったように思う。

そして、二年前。アルク・リグレットが十三歳《さい》の時に事件は起こる。

両親が事業で破産、さらに馬車の転倒《てんとう》事故で死んでしまったのである。

病気がちな弟と共に取り残されたアルクたちに対して、両親の親戚《しんせき》で援助《えんじょ》を申し出る者は誰一人《だれひとり》としていなかった。

『あの二人の子供だろう。それはちょっとなあ』

どうやら両親は相当にあくどい商売のやり方をしていたらしい。

そんな親戚たちに対して、アルクは憤《いきどお》りを感じることはなかった。

そもそも当たり前の話なのだ。親族たちが自分たちを引き取ることにはなんのメリットもない。

利益もなしに人が動かないなど当然のことである。そんなことにいちいち腹を立てたり悲観にくれてなどいたら、何もできない。

世の中というのはそういうものであるという大人の理屈《りくつ》を、アルクは十三歳という年齢《ねんれい》にして両親から学び取っていた。

自分にできることは、自分にできることをやる。

それだけである。

国民学校を辞《や》めて農場に働きに出たアルクだったが、今度は弟が流行《はや》り病にかかる。

元々体の弱い弟の容体はみるみる悪化していった。

しかし、アルクの働きでは満足な治療《ちりょう》をさせることなど到底《とうてい》できない。

途方《とほう》に暮れていたある日。アルクの家に一人の男が訪ねてくる。

「アルク・リグレットさんだね？　私は君のご両親の友人なんだ。私にできることがあったら是非《ぜひ》とも協力させてほしい」

藁《わら》にもすがる思いだったアルクは学校長クライン・イグノーブルの提案を受け入れた。

渡《わた》りに船とはこのことである。学校にいる間も給料は出るし、首席で卒業すれば親族の医療費《いりょうひ》は全額国に負担してもらえる。弟に最新の治療を受けさせることができる。

だが。アルクの培《つちか》ってきた常識が違和感《いわかん》を覚えた。

学校長にとって特定の生徒の性別を偽《いつわ》り入学させることは、それなりに手間もかかるし多少なりとも危ない橋でもあるはずだ。

両親の友人だったから協力させてほしい、ということだが、どうにもアルクにはメリットとデメリットが釣《つ》り合っていないように思えたのだ。

ならばと、アルクは騎士団学校において一層自己研鑽《けんさん》に努めた。首席を取るためだけではなく、やがて部下として働く自分の実力が東方騎士団の長でもある学校長の大きな利益になるように。

□□□

アルクは目を覚ました。

頬《ほお》にカーペットの感触《かんしょく》。どうやら床《ゆか》に転がされているようだった。

体が先の戦闘のダメージでうまく動かせないうえに、両手足は縛《しば》り上《あ》げられているため身動きは取れない。

顔を上げると、あの男が目の前にいた。

「おやおや、目が覚めましたか？」

学校長にして東方騎士団本部長、そして特等騎士のクライン・ガレス・イグノーブルが豪奢《ごうしゃ》な椅子《いす》に座《すわ》ってこちらを見下ろしていた。

「うんうん。後遺症《こういしょう》などもないようですし結構なことです。商品の性能が落ちたら価値が下がりますからねえ」

アルクはかすれた声で言う。

「初めから……そのつもりだったの？」

「ええ、もちろんですよ」

初めて会った日と変わらぬ、穏《おだ》やかな笑《え》みを浮《う》かべる学校長。

「そもそも、アナタには教えませんでしたが弟さんの病気は治らない病気なんですよ。病気の進行を抑《おさ》えるのも今の医術ではほとんど焼け石に水でしてね。治療なんてするだけ無《む》駄《だ》なわけです。まあ、その辺りの情報は隠してお誘《さそ》いしたわけですねえ。ははは、今までの頑張《がんば》りは全部無駄だったと知って今どんな気分ですかぁ？」

「なぜ……わざわざ、こんなことを……？」

「なぜかって？」

クラインは迷うそぶりも見せずに断言する。

「金ですよ」

クラインは仕事の苦労話をするような調子で話を続ける。

「今回は何分特異な注文でしてね。『特級の魔力的資質を持った十四歳から十七歳の間の戦闘能力の高い少女』を一人さらってこいと。なににどう使うのかは知りませんが、そう簡単にその辺りで見つかるものじゃない商品だったのですよ。これなら見つけてくるより、自分の手元で育てた方が確実ですからね。危ない橋もいくつか渡りましたし手間と時間のかかる仕事でしたが、その分かなりいい額を提示してもらいましたよ」

「なんで、そこまでしてお金を……」

アルクの疑問も当然と言えば当然だろう。学校長兼《けん》東方騎士団の本部長でもあるクラインの収入はかなりのものであるはずだ。それこそ生活に困ることなどありえないし、実際に自室代わりにしているであろうこの本部長室も豪奢なものだった。金に不自由している様子など全くない。

少なくとも、ここまでのリスクを考えたら犯罪をやる理由はないように思えた。

しかし。

「当然でしょう？　アナタは分かってませんねえ」

クラインは嘲《あざけ》るようにそう言った。

「金は全てですよ。この世の全て。だから、全然足りないんですよ、国からもらう給料ごときではねえ。もっと、もっと欲《ほ》しい。手に入れなければならない」

熱のこもった声でそう言うクライン学校長を見て、アルクは思う。

（ああ、そうか）

アルクの中で、学校長のメリットとデメリットが釣り合った。

学校長はアルクの様子を見て、怪訝《けげん》な表情をする。

「んー、もっと泣《な》き叫《さけ》ぶと思いましたけど？」

「逆に納得《なっとく》がいった。そう、それがあなたにとっての利益だったのか……」

何も不思議なこともない。ただ、ある人間が自分の利益のために行動し、目端《めはし》の利かなかった自分が騙《だま》された。それだけのことである。

世の中にありふれたことであった。なんてことはない。普通《ふつう》のことだったのだ。そうだと分かれば、何も泣き叫ぶようなことでもない。

アルク・リグレットはそういう少女だ。納得ができれば、そういうものだと受け入れられる。受け入れられてしまう少女なのだ。

ただ、弟の病が治らないという事実だけは、元々騎士団に入る前には覚悟《かくご》していたことだったとはいえ、少し胸を締《し》め付《つ》けた。

（……ごめん。ごめんね）

「ふん。まあ、品物がうるさくないのはいいことですが……しかし、そのなんでもないというような態度は癪《しゃく》に障《さわ》りますねえ」

学校長は剣を引《ひ》き抜くとアルクに振り下ろした。

上着だけが切り裂かれ、柔肌《やわはだ》が露《あらわ》になる。

「……とりあえず、出荷《しゅっか》前に味見でもしましょうかね」

無駄な抵抗《ていこう》と分かりながらも、身をすくめて大事なところを隠そうとするアルクにゆっくりと迫る学校長。

その時。

「止めろおおおおおおおおおおお!!!!!!」

学校長室の扉《とびら》が開き、叫び声《ごえ》が響《ひび》き渡った。

「ん？　誰です？　そこにいるのは」

学校長がそちらを振り向《む》くと、そこにいたのは。

「はあ、はあ」

肩《かた》で息をするヘンリー・フォルストフィアだった。

第二話　あの日夢見た小さな英雄《えいゆう》

「あー、クソ。どこだよここ」

リックは見事に迷子になっていた。

まあ、それ以前にアルクがとらわれている場所がどこか分からないので、手当《てあ》たり次第《しだい》に探すしかないのだが。

「ここか？」

ベキベキベキィ!!

っと、リックは無造作に鍵《かぎ》ごと引き抜いてドアを開けてみると、白いベッドと白いシーツが目に入った。

「医務室か？　それにしては外に医務室って書いてなかったんだよな……ん？」

ベッドの上に横になっている人物を見て、リックはあることに気づく。

「……お前、もしかして？」

□□□

なんでこんなことをしているんだろう。などとヘンリーは思う。

部屋を飛び出して騎士団本部に向かったら、なぜか本部が襲撃《しゅうげき》されていて、もの凄《すご》い大混乱が起きていた。

その隙《すき》に本部内に忍《しの》び込んだら、いつの間にかここまで来てしまっていたのである。

「ほう……確か、先刻尻尾《しっぽ》をまいて逃げ出《だ》した少年ですか、生きていたとは伝統派のやつらはやはり無能ですねえ……」

クライン本部長が穏やかな表情で、しかし目だけは暗く鋭《するど》い光を放ちながらそう言った。

「しかし、まあ。わざわざ死にに来るとは殊勝《しゅしょう》な心掛《こころが》けです」

ビクリと体が震える。

怖《こわ》い。もの凄く怖い。

手が震える、唇《くちびる》が震える、全身からじっとりとした冷《ひ》や汗《あせ》が出てくる。

やっぱり、無理だ。こんな化け物相手に僕が何をやっても敵《かな》うはずがない。

でも……。

ヘンリーは両手両足を縛られたアルクを見る。上着は切《き》り裂《さ》かれていた。

何をしようとしていたか、これから何をされるのかは明らかだった。

「それでも……」

一歩踏《ふ》み出すと決めたから。

そのうちではなく、いつかではなく、明日からではなく。

今日、今、この瞬間《しゅんかん》に。


「アルクさんから離《はな》れろクソ野郎《やろう》!!!!!!」


そう叫んで、ヘンリーはクラインに向けて駆《か》け出した。

クライン本部長は呆《あき》れたように笑う。

「ははは、威勢《いせい》はいいですが……何を思って勝てると思っているのですか?」

そして、小さく呟く。

「固有スキル……」

その瞬間。本部長に向かって駆け出したヘンリーの足が地面の上を滑《すべ》った。

「なっ⁉」

「ふん。他愛ない」

クライン本部長が地面を蹴《け》る。

不自然なほどの加速力でクライン本部長の体が移動する。

ほとんど力を入れた様子もない軽く蹴り出した一歩で、一瞬《いっしゅん》にしてヘンリーとの距離を詰めた。

そして、右足で前蹴りを放つ。

「がぁ!!!!」

ヘンリーの体が蹴り飛《と》ばされた小石のように吹《ふ》き飛び、地面を転がった。

「ほう……殺すつもりで蹴ったのですが、まだ息があるとは」

一等騎士ですら一撃で戦闘《せんとう》不能にする、クライン本部長の打撃《だげき》を受けたはずだが、ヘンリーはなんとか生きていた。

運がよかった。ヘンリーは先ほど自分が踏み出した場所を見る。

おそらくクライン本部長の固有スキルだろう。足を取られてバランスを崩《くず》した。しかしその瞬間、つま先に何かが引っ掛かった。

それは偶然《ぐうぜん》にも、たわんでいたカーペットの端《はし》である。ヘンリーはその引っ掛かりを使って、クライン本部長の攻撃がモロに直撃する直前で体を動かすことができたのである。

もっとも、即死《そくし》を免《まぬが》れただけである。

全身はたった一撃で傷だらけのボロボロ。体中の内臓にはダメージがズシリと残っている。

掠《かす》っただけでこの様だ。まともに食《く》らったら本当に間違《まちが》いなく即死だろう。

だが。

「……分かりましたよ、あなたのスキル」

「ん？　何かのハッタリですか？」

訝《いぶか》しむクライン本部長に向けて、ヘンリーは倒《たお》れたまま床に落ちていた調度品の一つを投げつけた。

成金趣味《しゅみ》にごちゃごちゃと装飾《そうしょく》が施された花瓶《かびん》が、クライン本部長に向かって飛んでいく。

「そんなもので、私にダメージが与《あた》えられるとでも？」

しかし、その花瓶はクライン本部長に触《ふ》れた瞬間。まるで自ら避《よ》けたかのように軌道《きどう》を変えて、その体の上を通《とお》り抜けていく。

そして、重力に従い地面に激突してガシャリと音を立てて割れた。

クライン本部長はひどく不愉快《ふゆかい》そうに言う。

「全くひどいことをしてくれる。なかなかに値の張った代物《しろもの》だというのに」

「摩《ま》擦《さつ》の操作」

ヘンリーが放った一言に、クライン本部長の眉《まゆ》がピクリと動いた。

「それが、あなたの固有スキルの正体だ。あなたはモノの滑りやすさを自由にコントロールできる。さっき、急に足をついた床が濡れた氷の上みたいに滑ったのも、投げつけた花瓶があなたに当たっても割れずに軌道だけ逸《そ》れたのもそのせいだ」

「……」

摩擦力《まさつりょく》は誰《だれ》もが日頃《ひごろ》なんとなくその存在や原理を理解しているとはいえ、騎士団学校で正式にそういった物理現象を勉強するのは少し先である。が、ヘンリーは実家で読《よ》み漁《あさ》っていた本の中でその名前を学んでいた。

家で引きこもって勉強ばかりしていた日々も、悪いものではなかったなと今になって思う。

「そして、滑りやすくできるだけでなく、滑りにくくもできるはずだ。それなら、ほとんど予備動作なしで強化魔法も使わずに不自然な程の移動速度や打撃の威力が出せるのも説明がつく。『地面を物凄《ものすご》く滑りにくく』すればいい。そうすれば、地面を蹴った足の力は全くロスせずに体に戻ってくる。大きく地面を蹴らなくても高速で移動ができるし、足元がしっかりと固定されている状態だから打撃の威力も必然的に大きく上がる。あと、僕の踏み出した右足だけ滑ったということは、丁度左足が踏んでいた床までは能力が届いていなかった可能性が高い。目算だけど、有効範囲《はんい》は半径７ｍくらいだ」

沈黙《ちんもく》するクライン本部長。つまり、ヘンリーの推測は当たっていたということだろう。

（この少年……いったい何があったというのですか？）

命がけの戦闘の中でこちらの能力を素早《すばや》く見抜《みぬ》いてきた。そればかりか、能力の有効範囲まで的中させてのけたのだ。冷静な観察と推理、頭の良《よ》し悪《あ》し以前に恐怖《きょうふ》に思考を支配されたままでは不可能である。

明らかに、これまでのヘンリーとは違《ちが》っていた。

「ふん、まあ、分かったところで私の固有スキル『摩擦支配《バーゼブル・フリクション》』は攻略《こうりゃく》不可能ですがね」

クライン本部長の言うとおりである。

有効範囲は広くないとはいえ、ほとんど予備動作の無い急加減速と強烈《きょうれつ》な物理攻撃力《こうげきりょく》、加えて敵の物理攻撃は全《すべ》て先程の花瓶のように『滑らされて』しまう。

人間族の内ごく一部にのみ発生する固有スキル。例外なく強大な力を発揮すると言われるその力の中でも、クライン本部長の力は接近戦において無敵と言ってもいいスキルだった。

（ああ。やっぱり、強いなあ……）

などと、ヘンリーは倒れながらも半ば他人事のように思う。

先程受けたダメージが大きすぎて立ち上がることができない。力を入れても両足は情けなく痙攣《けいれん》するばかりである。

まあ、それでも引く気はないが。

だってほら……自分は今最高に熱くなれてるから。

囚《とら》われのお姫様《ひめさま》を助けるために悪い奴《やつ》と戦うとか、英雄みたいじゃないか。

実力は足元にもおよばないけど、男の子だったら燃えるさ。

ヘンリーはいつの間にか笑っていた。

□□□

先の一撃《いちげき》で床を転がったせいで傷だらけの状態でありながら笑みを浮かべるヘンリー。

その様に僅《わず》かだがクライン本部長は気圧《けお》された。

なんだ……なぜ？　先程からそうだ。

自分の攻撃がまともに当たれば即死する。この状況で、あのガキはなぜ嬉《うれ》しそうに笑っている？

「不愉快ですね……」

自分の足元で転がっている商品《アルク》もそうだ。自分という圧倒的《あっとうてき》な力や絶望を前にして、泣きわめいて許しを請《こ》うたりしない。

それが気分を逆撫《さかな》でする。

だから、クライン本部長はさらに絶望させてやることにした。

「アルクさん。あなたに選ばせてあげましょう。この少年を殺すか、弟さんを今すぐ殺すか」

「そ、そんな……」

突《つ》きつけられた二択《たく》はアルクの心を揺さぶった。

ダメだ選べない。大切な弟も、自分のことを助けに来てくれたルームメイトも。

何より、この男が約束を守るとも思えない。

しかし。

「僕を選んでくれてもいいですよ。アルクさんがそれで救われるなら」

ヘンリーはなんとか膝《ひざ》立ちになりながらそう言った。

アルクにはヘンリーが理解できなかった。

単なる同室の人間である自分をここまで助けに来たことも、こうして絶対に勝てないであろう敵に立ち向かっていることも。

「逃《に》げてヘンリー」

「嫌《いや》だ……」

「なんで……」

「嫌だって言ってるだろ!!」

「なんで……なんでそこまで。私を助けてもあなたにはなんの得も」

「うるせえ、なんか一目惚《ひとめぼ》れしたんだよ!!　文句あるか!!」

突然《とつぜん》告げられた想《おも》いに、アルクの思考は真っ白になった。

「他に理由なんてないよ。僕は君が好きになっちゃったから、君を助けたいと思った。それだけだ!!」

ヘンリーはふり絞《しぼ》るような声で言う。

「君はいつもそうやって、我慢《がまん》してしまうから」

「え……?」

「ねえアルクさん。君は頑張ってきたはずだ。弟さんのために。男ばっかりの厳しい学校に女の子が一人で、僕だったらすぐに押《お》しつぶされてしまうくらいに大変だったはずだ。それを踏みにじられて苦しくないはずがないだろ‼　だから……助けてほしいなら助けてほしいと言ってくれ‼」

「私は……」

言えるわけがない。明らかに無謀《むぼう》な戦いなのだ。好きだからなどという曖昧《あいまい》な理由では、釣り合《あ》うものがない。

ヘンリーは自分など見捨ててさっさと逃げるべきなのだ。

このどこか弟に似た頼《たよ》りない雰囲気《ふんいき》のある少年は、自分を助けたところでなんのメリットも……。

不意に、その弟との会話を思い出した。

『僕のことはいいよお姉ちゃん。勉強大変でしょ？　僕になんか構ってもお姉ちゃんに返せるものなんて』

『いいのよ。私はアナタのお姉ちゃんなんだから』

ああ、そうか。

知っていたじゃないか。

自分も持っていたじゃないか、そういう気持ちを。

単なる利害とは違う、そういう温かい優《やさ》しさを。

もし、そうだとしたら。

そういうものが、世の中にあるのだとしたら。

たった一度くらいなら自分も、無責任に、自分勝手に、そういう気持ちに甘《あま》えてもいいのだろうか。


「辛《つら》いよ……助けて……」


「ああ、任せろ!!」

ヘンリーは足の震《ふる》えを気合いでねじ伏《ふ》せて立ち上がった。

さあ、今こそ。あの日夢見た英雄になろう。

□□□

立ち上がったヘンリーの全身に力がみなぎる。

先程までの、痛みが嘘《うそ》のように気にならなくなった。

「力のない貴様のようなガキに何ができるというのですかあああああああぁ!!」

クライン本部長は叫び声を上げると、腰《こし》に刺《さ》した剣《けん》を抜《ぬ》き放つ。

完全に本気である。

固有スキルによって自らの足元の摩擦を強化。

クライン本部長の体が急加速を始める。一刀のもとに小生意気なこのガキを真っ二つにしてやる。

それに対してヘンリーの選択《せんたく》は、後ろに飛ぶでも転がって避けるでもなく。

「はあっ!!」

全速力で自分から突っ込んでいった。

接近戦無敵の『摩擦支配』に対するベストな戦い方は、距離《きょり》を取っての攻撃魔法《こうげきまほう》である。

というより全ての物理攻撃をそらしてしまうクライン本部長相手にはそれくらいしか勝つ

方法がない。とはいえ、ヘンリーの使える攻撃魔法には遠間から特等騎士の防御魔法《ぼうぎょまほう》を貫《つらぬ》いてまともなダメージを与えられる威力《いりょく》はない。しかも、あの加速力にかかればすぐに距離を詰められてしまうだろう。

だからこそ、前に出る‼

そこに活路がある‼

「なっ⁉」

まさかの行動に、クライン本部長は目を見開く。

しかし、特等騎士の判断力と反応速度は並ではない。クライン本部長はすぐさまヘンリーの足元の摩擦を減少させる。

大幅《おおはば》に減ったカーペットの摩擦力は、濡《ぬ》れた氷の上よりもなお滑りやすい。

足を取られたところを、加速した自重を乗せた蹴りで仕留める。

しかし。

ヘンリーはそうやってクラインが自分を蹴り飛ばすために片足を上げた瞬間を待っていた。

「全ての基本は『真っすぐに立つこと』‼」

「何ぃ⁉」

ヘンリーの足は床を、その上に敷《し》かれたカーペットを踏み外《はず》さなかった。

いや、一瞬《いっしゅん》踏み外したのだが、ギリギリのところで耐《た》えているのだ。

実はクライン本部長の能力は摩擦力を極限まで減少させることはできるが、ゼロにはならない。ゼロでないなら、上手《うま》く踏むことができれば立つこともできるし、少しだけなら進むこともできる。

もちろん、普通にやってできることではない。しかし、ヘンリーの師匠《ししょう》はリックであり、そのリックが最も重視して叩《たた》き込んだのが、地面を正確に捉《とら》える技術である。

何より……。

ヘンリーは今まで諦《あきら》めなかった。

皆《みな》に訓練でついていけないと痛感した時も、ワイト教官に完膚《かんぷ》なきまでに痛めつけられた時も、必死で鍛《きた》えたのに先輩《せんぱい》の女騎士に容易《たやす》くあしらわれてしまった時も。

強くなることを決して諦めなかった。

『なあ、ヘンリーまだ寝なくていいのか？』

『はい、もう少しだけ。僕は皆より弱いですからね』

そんなやりとりを、何度リックとしただろうか。

リックに基礎《きそ》中の基礎と教えられた、接地感覚を掴《つか》む崖《がけ》下りの訓練を誰よりも徹底的《てっていてき》に根気よく行ったのはアルクでもガイルでもない。ヘンリーなのである。

磨《みが》き上げた接地感覚は滑る床を正確に掴みとり、弱弱しいながらもその体を前に送り出す。

ヘンリーは完全に意表をつかれたクライン本部長の足元に飛びついた。

そして、クライン本部長の履《は》いている靴《くつ》の底。踏み出そうとして一部が浮いていた靴の底に手を入れてすくい上げる。

クライン本部長は現在、自分の靴底の摩擦を上昇《じょうしょう》させている。そのため、掌《てのひら》を当てただけでまるで接着されているかのように、手に引っかかってくれた。

思わずバランスを崩し、その場に転倒するクライン本部長。

「くそ!!」

その瞬間をヘンリーは逃《のが》さなかった。クライン本部長を巻き込むようにして一緒《いっしょ》に倒れ込み、馬乗りになる。

さらにクライン本部長の上着のボタンの隙間《すきま》を掴み込んだ。普通に持っても滑らされてしまうため、ボタンの隙間に入れた指を輪の形にする。ちょうど、輪っか同士が重なり合っている形である。

重なった輪っか同士なら、いくら滑りやすくても離れない。

そして。

掴んだ手でクライン本部長の体を引きつけながら、右拳《こぶし》を握《にぎ》る。

物理攻撃は効かないのだから、初めから狙《ねら》いはこれだった。

「貫け、疾風《しっぷう》!! この拳から旅立ちの号砲《ごうほう》を!! 第一界級魔法《かいていまほう》『エアショット』!!!!!!」

略式詠唱《えいしょう》で放たれたヘンリーの『エアショット』が、クライン本部長の顔面を直撃《ちょくげき》した。

ゴシャアアアアア、という肉を打つ音が響き渡る。

クライン本部長はとっさに全身から魔力《まりょく》を放出することで防御《ぼうぎょ》したが、第一界級魔法とはいえこの至近距離での直撃である。

打ったヘンリー自身が反動で吹っ飛び、床を転がる。

「へへへ、見たかこの野郎」

ヘンリーは床を転がりながら、そう呟《つぶや》いた。

直撃したクライン本部長の頭部は床に深々とめり込んでいた。

元々、魔力的素質は低くないヘンリーである。その威力は十分すぎるものだった。

アルクはポカンとしてヘンリーを見る。

「……本当に、特等騎士《きし》を倒すなんて」

「なんだアルクさん。信じてなかったんですか? 『任せろ』って言ったじゃないですか」

「……なんなのよ、もう」

その瞳《ひとみ》から再び大粒《おおつぶ》の涙《なみだ》がこぼれる。

「そんなこと言われたら、辛くなる度《たび》にヘンリーに頼りたくなっちゃうじゃない」

「いいよ、頼ってよ。君のためなら僕《ぼく》は頑張れるから。それと……」

「なに？」

「女の子らしい喋《しゃべ》り方《かた》もするんですね。そっちが素かな。凄くかわいいと思うよ」

「……バカ」

アルクは顔を赤くしてうつむくとそう呟いた。

ヘンリーは両手をついて何とか立ち上がると、アルクの方に歩み寄る。

「待ってて、今手枷《てかせ》を外すから」

そう言った瞬間。

アルクがヘンリーの背後を見て叫んだ。

「ヘンリー!!」

「え？」

「調子に乗るなよおおおおおおおおおおおおお、クソガキがあああああああああ

ああ!!!!!!!!!!」


クライン本部長がそこに立っていた。

ヘンリーの一撃により歪《ゆが》んだ顔面に、幽鬼《ゆうき》のごとき形相を浮かべながらその右腕《みぎうで》をヘンリーにふるった。

「ごっ⁉」

ベキベキ、と。鈍《にぶ》い音がヘンリーの肋骨《ろっこつ》から聞こえた。

ヘンリーの体が凄《すさ》まじい勢いで吹き飛んで、壁《かべ》に激突《げきとつ》する。

クライン本部長は普段《ふだん》の穏やかな面の皮を完全に捨てて、罵倒《ばとう》するように叫ぶ。

「魔力が込められているとはいえ風系統の魔法《まほう》は、カテゴリーとしては物理攻撃なんだよお。だから、俺《おれ》の固有スキルで威力を軽減させられる。たまたま、ちょっと一発いいの入れたからって勝った気でいるんじゃねえぞ六等騎士《きし》風情《ふぜい》が!!!!!!」

クライン本部長は、床に崩れ落《お》ちるヘンリーの姿を見る。

手ごたえはあった。今度こそ死んだか、そうでなくとも起き上がることはできまい。

「ははは、いくら威勢のいいことを言っても現実は……」

しかし。

ゾワリ、と。

クライン本部長の背筋を冷たいものが走った。

「なぜだ……なぜ立ち上がれる……」

ヘンリー・フォルストフィアが二本の足で地面を踏みしめ、こちらを睨《にら》んでいた。

その強い意思を持った瞳に気圧されるクライン本部長。

アルクもそれは同じだった。しかし、どう見てもヘンリーが動ける限界を超《こ》えてしまっているのは確実だ。

「ヘンリー……もう……」

「……その先は、言わないでくれ」

ヘンリーは今にも消えそうな、しかし強い口調で言う。

「一番苦しいのは……『頑張れ』って言われることじゃない……『もういい』と諦められることだから……」

フォルストフィア家の屋敷《やしき》で、ずっと閉じこもっていたのは。きっとそれを言われるのが怖かったから。

そんな自分を変えたいと思っていた。

そして今、思うだけでなく変えてみせると決意したから。

ヘンリーが一歩踏み出す。

クライン本部長が一歩後退する。

ヘンリーがもう一歩踏み出す。

クライン本部長がまた一歩後退する。

クライン本部長の脳内は混乱の極《きわ》みの中にあった。

なんだ、これは。

わけが分からない。なぜあのダメージで動けるのだ。

いや、それよりも、何よりも。

なぜ心が折れないのだ。

圧倒的な力の差。絶望と恐怖。

過去の大戦争でクライン本部長が味わったものだ。

地方貴族の三男として生まれたクライン。今でも父から言われた言葉は鮮明《せんめい》に覚えている。

『金は二人分しか用意できなかった。だからお前は戦場に行くんだ』

そうして、クラインは戦場に放《ほう》り込まれた。

時は帝国《ていこく》と王国の大戦争。しかも、完全に泥沼化《どろぬまか》していた時分である。

すぐさま戦場に投入するために人権すら無視した地獄《じごく》の訓練、そして送り込まれた戦地での血で血を洗う日々。

元々は気弱で要領もよくなかった末っ子のクラインには過酷《かこく》というものを通り越《こ》していた。

しかし、どれほど泣き叫ぼうが教官は容赦《ようしゃ》しない。同僚《どうりょう》たちも足を引っ張るやつは徹底的に叩く。当然、敵の兵士や武器は命を狙って襲《おそ》い掛《か》かってくる。

怖かった。ひたすらに怖かった。

怖さに立ち向かうことなど考えもしなかった。とにかく逃げ回《まわ》るだけの日々。

あれに晒《さら》されればどうすることもできない……はずなのだ。どんな綺麗《きれい》ごとも、どんなカッコつけも虚勢《きょせい》も全て無様に消し飛ばされるはずなのだ。

そして戦争は終わり、クラインは金を求めた。

再び、あの日々に晒されることがないように。

金を、ひたすらに金を。

それなのに、目の前の少年は……。

「なんなのだ……なんなのですかアナタはあああああああああぁ!?」

「はっはっはっ、アンタの負けだな。クライン・ガレス・イグノーブル」

その時。

本部長室の入り口から声が聞こえた。

「お前の絶望と恐怖は、たった今、ヘンリーの意志に完全に凌駕《りょうが》されたぞ」

扉に前に立つリック・グラディアートルは、嬉しそうに笑いながらそう言った。

第三話　大きな背中

リックは本部長室の中に入り、ゆっくりとヘンリーに歩み寄る。

その姿を見て張《は》り詰《つ》めていたものが切れたのか、ヘンリーの体から力が抜けた。

「おっと」

リックは素早く駆け寄《よ》り、そのヘンリーの体を支えた。

「なっ⁉」

その一連の動作を見て驚《おどろ》いたのはクライン本部長である。

部屋の入り口からヘンリーのいる奥《おく》の壁の前まで、部屋の端から端まで15mの距離を一瞬にして、たった一歩で移動したのである。摩擦力を支配して行う自分の動きにそっくりの現象であった。

リックはそんなクライン本部長の反応を他所《よそ》に、自分の腕《うで》に力なくもたれかかる勇敢《ゆうかん》な少年に向けて言う。

「ボロボロだな、ヘンリー」

「すい……ません。模擬戦《もぎせん》の時みたいに……また、助けてもらっちゃって……」

ヘンリーは息も絶え絶えになりながらそう言うと。

「……でも」

スッと顔を上げて、右拳を握ってこう言った。

「一発はいいの入れてやりましたよ。リックさんから教えてもらったあの技で」

ヘンリーは誇《ほこ》らしげな笑顔《えがお》と共にそう言った。

それを見てリックは頷《うなず》く。

……そうか、この少年も。

踏み出せたんだな、あの時の自分のように。たった一歩を、はじめの一歩を。

それは、実は一番大事で一番難しいことだから。

リックはヘンリーの握った拳に自分の拳をコツンと当てて言う。

「かっこよかったぞ、ヘンリー」

「……っ、はい!!」

ヘンリーの瞳から熱い涙が滲《にじ》み出した。

「アルク、ポーションだ。ヘンリーに飲ませてやってくれ」

「ええ、分かったわ」

リックはヘンリーをアルクの隣《となり》に座《すわ》らせる。

「さて」

クライン本部長の方を向いた。

「自分を信じてくれてる生徒を騙《だま》して誘拐《ゆうかい》して小遣《こづか》い稼《かせ》ぎとは、狡《ずる》い野郎め。ペディック教官の爪《つめ》の垢《あか》を煎《せん》じて飲ませてやりたいぜ……覚悟《かくご》はできてるだろうな？」

「ふん。何を強気になっているのやら。先程はそこのガキに油断して一撃もらいましたが、私が特等騎士であることは変わりませんよお。何より、アナタにとって私の固有スキルは天敵」

そう、リックの基本は圧倒的な体力と身体操作による物理攻撃である。

つまり、クライン本部長の固有スキル『摩擦支配《ハーゼブル・フリクション》』と恐《おそ》ろしく相性《あいしょう》が悪い。先ほどはヘンリーに意表を突かれた形になったが、クライン本部長は紛《まぎ》れもない特等騎士。超一流《ちょういちりゅう》の戦闘《せんとう》技能を持った騎士である。そう何度も奇襲《きしゅう》が通じる相手ではない。

クライン本部長は先ほど落とした剣を拾い上げると上段に構える。

「死に晒すがいい、『摩擦支配』プラス!!」

クライン本部長の靴底《くつぞこ》と床《ゆか》の摩擦力が跳《は》ね上《あ》がった。

強化された靴と床の摩擦はロスなく蹴る力をクライン本部長の体に伝え、たった一歩でクラインの体をリックの懐《ふところ》まで潜《もぐ》り込ませた。

そして、上段に構えていた剣を斜《なな》めに振《ふ》り下《お》ろす。

『王国式剣術《けんじゅつ》』攻撃五型・『捻《ね》じり袈裟《けさ》』。アルクが模擬戦で使った技であるが、そもそもの振り下ろす力も踏み込みのスピードも桁《けた》が違う、そのうえ、技の完成度までアルクより上ともなれば、さすがは特等騎士と言ったところだろう。

驚くべき速度と威力で打ち込まれたその一撃を、しかし。

「よっと」

リックは命中するギリギリで、小さく後方に跳《と》んで当然のように躱《かわ》してみせた。

その、明らかに剣筋を完璧《かんぺき》に見切った動きに、クライン本部長はやはりかと内心で納得《なっとく》する。

入学時の検査で魔力量に乏《とぼ》しく、まともに魔法が使えないことは分かっていた。しかし、そのうえでこの男はクライン本部長たち特等騎士や魔導士《まどうし》協会のトップである特級魔導士と同じ、『超人《ちょうじん》』のレベルに到達《とうたつ》している。

模擬戦での戦いを見て商品たちから遠ざけようとした判断は正解だったようである。

（……とはいえ）

ニヤリとクライン本部長は笑う。

この自分を相手に、『後ろに跳ぶ』などという馬鹿《ばか》な選択をした時点で終わっているのだが。

「『摩擦支配』マイナス!!」

クライン本部長は空振《からぶ》りした剣を、再び上段に振りかぶりながら叫《さけ》んだ。

その瞬間《しゅんかん》、本部長の立っている部分を除いた、半径７ｍの床の摩擦係数がほぼゼロになった。

床に転がっている調度品の欠片《かけら》を指先で少し押せば、どこまでも滑《すべ》っていってしまうほどの引っかかりのなさである。

当然、真後ろに跳びのいたはずのリックもバランスを崩し……。

バキィ!!

と鈍い音が響《ひび》き、クライン本部長の体が吹っ飛んだ。

「ごっ!?　はあぁ!!!!」

クライン本部長は何が起こったのかを理解できなかった。

リックは当たり前のことしかしていない。

後ろに跳びのいた反動を使って地面を蹴り。

前に跳んで上段から剣を振り下ろそうとするクライン本部長の懐に潜り。

掌底をその無防備な腹に叩きつけたのである。

常識外れなのは、これら一連の動作を、摩擦のほとんどない床の上でさも当然のようにやってのけたということである。

「あ、あり得ません……いったい何がどうなって」

「アンタの能力はあれか。モノを滑りやすくしたり滑りにくくしたりできるモノみたいだな。確かに俺の踏《ふ》んだ床が急に全く引っかかりがなくなって驚いたぞ」

「ならばなぜ……」

先程ヘンリーがやった、真っすぐに踏んで体をなんとか上に押し上げるのとは訳が違う。濡れた氷の上に立つだけなら、バランス感覚の優《すぐ》れたものならできるだろう。その状態で少しずつ進むことも一度だけジャンプすることも不可能ではないはずだ。だが、濡れた氷の上で勢いよく前後に飛《と》び跳ねるというのは、いくらなんでも不可能というものである。

「俺が踏んだのは、この床じゃなくて同じ柱に繋《つな》がってる『下の階の床』だからだ」

「は？」

リックの言葉にクライン本部長は間抜《まぬ》けな声を上げる。

「この階の床は下の階と同じ柱で支えられてる。だから、その柱の繋がりを『上手く踏んで』お前の能力の効果範囲の外にある下の階の床から反発をもらったんだ」

「……」

「ちなみに、全ての攻撃を滑らせるはずのアンタを殴《なぐ》れたのは『真っすぐに殴った』からだぞ。まあ、身体操作の技術の一つだな」

リックの言葉に、クライン本部長は理解不能といった様子で、しばらく唖然《あぜん》とする。

「な、なにを言っているんですか、貴様は。身体操作でそんな魔法のようなことできるわけ……」

「おいおい、アンタも特等騎士だっていうなら、これくらいのことやってのける奴に一度くらいは会ったことがあるだろ？　俺に身体操作の技術を教えてくれた二人のうちの一人は、その辺で拾った小枝で鋼鉄を両断できるぞ？」

確かにリックの言う通り、クライン本部長は魔法の域に達する身体操作技術を持つものを一人だけ知っている。クライン本部長の知る限り、あのお方こそがこの地上に存在する全ての生物の中で最強。無謬《むびゅう》にして絶対の剣技《けんぎ》を持つ、まさに『超人』を超えた『領域』に足を踏み入《い》れている王国最強の騎士に他ならない。

そして、目の前にいる男がそれと同じ『領域』レベルの技を使っているのである。

現実に見せられても、ハイそうですかとすぐさま納得できるモノではなかった。

しかし、それでも状況《じょうきょう》は動く。

「ふっ!!」

強烈な踏み込みと共に放たれる突き。

もはや床の滑りやすさなど、全く意に介《かい》していなかった。

「あまり、調子に乗るなああああああああああああ!!!!」

リックの拳をクライン本部長は剣で迎《むか》え撃《う》つ。

そして、同時に固有スキルを剣に集中。本来は広範囲《こうはんい》をカバーできるはずの固有スキルを一本の剣に極限まで凝縮《ぎょうしゅく》した結果、恐るべき現象が起こる。

クラインの能力は正確には「摩擦《まさつ》係数の操作」ではない、「引っかかりの強さ」という現象そのものを操作しているのである。そして、クライン本部長の剣は引っかかりを弱くする力を極限まで凝縮することで、ありとあらゆるものを「一切《いっさい》の引《ひ》っかかりなく切断する」魔剣《まけん》と化した。

決殺奥義《おうぎ》『極大鋭剣《グラハム・コールブランド》』。

特等騎士、十三円卓《えんたく》の各々《おのおの》が持つ決殺奥義。クライン本部長のそれは、なんであろうと問答無用で切断する一撃。例外はない。人体だろうがミスリルだろうがアダマンダイトだろうがオリハルコンだろうが、上から落としただけで断面に一切の歪みなく両断することが可能なのだ。

「死ぬがいい!!」

クラインの剣が振り下ろされ、リックの拳に命中する刹那《せつな》。

一瞬《いっしゅん》だけ、意識に靄《もや》のようなモノがかかり体がふらついた。

理由は明快。先ほどヘンリーに顔面に叩き込まれた一撃である。クライン本部長に強い脳震盪《のうしんとう》を起こしていたのだ。激しく動いた拍子《ひょうし》にそのダメージがぶり返したのである。

動きの硬直《こうちょく》はほんの一瞬。しかし。

「十分だ。もう分かった」

パシュン、と。情けない音を立ててクラインの剣にまとわせていた、固有スキルが消失した。

「なっ!?」

瞠目《どうもく》するクライン本部長をよそにリックの拳は、固有スキルのエンチャントを完全に失い単なる鉄と化したクライン本部長の剣を真正面の激突でへし折り、その顔面に強烈《きょうれつ》な一撃を叩き込んだ。

ベキィ!!

という生々しい音と共に、クライン本部長は声もなくほとんど地面と平行に吹《ふ》っ飛ぶ。

その勢いのまま、柱に激突し深々とめり込んだ。

「ごっ、あ……っ。ば、ばかな……」

もはや完全に戦闘《せんとう》続行は不可能なダメージを受けたクライン本部長は、焦点《しょうてん》の定まらない目でリックを見て言う。

「……固有スキルの……魔力相殺《まりょくそうさい》だと？　そんなものは聞いたことが……」

「俺もアンタと同じ固有スキルもちでな。暴れ馬すぎる自分の固有スキルを制御《せいぎょ》する訓練で発見した副産物だ。まあ、いろいろと使い勝手は悪いが、たまたま今回は条件が整ってた。アンタが直前に動きを一瞬止めたおかげで、仕掛《しか》ける隙《すき》もできたしな」

「まさか、あんなガキのせいで敗れるとは……」

「それもそうだが、俺はアンタに腕を切断されても、そのまま切られた手でぶん殴るつもりだったぞ」

「なっ……!?」

「パーティに優秀《ゆうしゅう》な、というか優秀すぎて非常に困るヒーラーがいるからな。後でその人にくっつけてもらえばいい」

「くっ、この、狂人《きょうじん》が!!」

クライン本部長は薄《うす》れる意識の中で、そんなことを思った。

治る算段があるとはいえ、自分の腕を全くの躊躇《ちゅうちょ》なく差し出すだと？

狂《くる》っている。いったい今までどんな経験をしてきたというのだ。

痛いこと、怖《こわ》いこと。

クライン本部長はそれが絶対のものであると信仰《しんこう》している。

過去の大戦に弱者として放り込まれた日々で、クラインはその信仰を強固なものにしていった。

痛いのは嫌だ、怖いのは嫌だ。

だから、金を欲《ほっ》して。

だから、力を欲して。

戦場で泥水《どろみず》を啜《すす》りながら逃げ回る日々の中で、クラインはある男に出会う。

『君はとても「弱い」。そして、その弱さがワタシは愛《いと》おしい。だから、「これ」を受け取りたまえ』

そうして……大戦の英雄《えいゆう》の一人は。

クライン・ガレス・イグノーブルは生まれ……。

その時だった。

「ガボッ⁉」

突然《とつぜん》、クライン本部長の体が膨張《ぼうちょう》し始めた。

□□□

「なんだ、あれは……」

アルクにポーションを飲ませてもらったことで、僅《わず》かだが体力を回復したヘンリーは瞠《どう》目《もく》してクラインを見る。

いや。

正確にはクラインだったもの、と言うべきなのかもしれない。

クラインの中から皮膚《ひふ》を突《つ》き破《やぶ》り、現れたのは蠢《うごめ》きながら膨張する肉塊《にっかい》であった。

「おい、クラインのやつにいったい何が」

そして、その膨張する肉塊の中心に光るものを見て、リックが目を見張った。

可視化するほどの魔力を放つ、緑色の球体がそこにあったのである。

その性質と見た目が示すのはすなわち……。

「『六宝玉』か。まさか、クラインの体の中に埋《う》め込まれていたとはな。道理で見つからなかったはずだ」

一度目と二度目で地図が記した場所が違《ちが》ったのも、自然なことであった。単純にクラインが騎《き》士《し》団《だん》本部と騎士団学校を行き来していたということである。

そして、そのクラインはすでに無残な死体と化していた。弾《はじ》け飛んだクラインの首から上と四《し》肢《し》が、床に転がっている。

それでは、今。クラインの体の中から現れたのはなんだというのか？

『痛い、怖い、痛い、怖い、痛い、怖い』

まるで呪詛《じゅそ》のような呻《うめ》きが、空気を揺《ゆ》らした。

次の瞬間。

膨張した肉塊は形をとる。

それは、巨大《きょだい》な人のようで。だが明らかに人の姿ではなく。モンスターのそれである。

千切れた灰色の翼《つばさ》、黒い眼《め》、鋭《するど》い爪と牙《きば》、全身を覆《おお》う黒い岩のような肌《はだ》。

ヘンリーとリックは同時にあるものを思い出した。

『英雄ヤマトの伝説』。その中に出てくる『魔王獣《まおうじゅう》』と呼ばれる存在。遥《はる》か昔の英雄譚《えいゆうたん》で語られるその姿に酷似《こくじ》していた。

『オオオ』

絶叫《ぜっきょう》が響き渡《わた》る。

その姿を見て、ヘンリーは言う。

「……で、デカい」

モンスターは部屋の天井《てんじょう》を軽く突き破り、地面にその両足を下ろして立っていた。

そのサイズは騎士団本部の建物そのものとほぼ同じ。優に30ｍは超えているのである。

モンスターの巨体《きょたい》が動いた。

その動きは巨体に似つかわしくなく素早《すばや》い。

握り拳だけで、一軒家《いっけんや》くらいのサイズはありそうな拳が振り下ろされる。アルクもヘンリーもその攻撃の範囲内《はんいない》だったが。

「よっと」

リックがその一撃《いちげき》を受け止めた。

「ありがとうございます!!　リックさん」

しかし。当のリックは。

「へえ……これはまた……」

普段のリックとは明らかに違い、受け止めたリックの腕が震《ふる》えていた。

力を入れて踏ん張《ば》っている、ということを感じさせるその様子にヘンリーは驚愕《きょうがく》する。

さらに、モンスターはその足を大きく後ろにそらすと。その巨体を存分に使ってリックに蹴《け》りを叩きつけた。

リックの体が吹っ飛んだ。

それは、リックの実力を知るヘンリーにとって、ありえないと言ってもいい現象だった。

何せ、リックはまるで地面を自分の一部であるかのように踏む技術を持っているのである。

ガイルの突進《とっしん》も、微動《びどう》だにせず弾き飛ばしたのだ。

そのリックの体が、吹っ飛んだのである。

見れば、リックが元いた位置の地面がごっそりと抉《えぐ》れ、巨大なクレーターになっていた。

つまり、まるで大木を引き抜《ぬ》くかの如く、大地ごと吹っ飛ばしたのだ。

「リックさん!!」

ヘンリーがリックの飛んでいった方にそう言うが。

「こいつは参ったな。こんなぶっ飛ばされるとは。最初の頃ゲオルグさんと戦わされた時のこと思い出したぜ」

当のリックは、いつもの調子でピンピンしていた。

服が汚《よご》れているが無傷である。

しかし、ヘンリーは目の前の巨人《きょじん》に対して、心底から驚愕していた。

(そんな……あのリックさんが力負けするだなんて)

単純なサイズとパワーでいえば全種族最強であるといわれる巨人族を思わせる、桁違《けたちが》いの攻撃力《こうげきりょく》であった。

「リックさん。相手のパワーは相当ですね」

「ん?」

ヘンリーの言葉に、リックはそうだなと呟く。

「ああ、パワーは結構強いな。ちと参ったぜこりゃ」

モンスターは再び咆哮《ほうこう》すると、リックに向かって拳を放った。

その勢いは先程リックを真上面から吹き飛ばした蹴りよりも、遥かに強い。

「リックさん!!」

ヘンリーは叫ぶが、リックに躱そうとする様子はなかった。

マズイ。確かにリックは強いが、パワーならばあちらの方が上だというのは先ほどの攻《こう》撃《げき》ですでに明らかなのである。

それを真正面から受けたら、無事でいられるはずが。

しかし――。


「あ、もう人間相手じゃないんだし、こんなに手加減しなくていいのか」


次の瞬間。

宙を舞《ま》っていたのは、リックではなくモンスターの巨体の方であった。

「………………………………………………………………………………え?」

ポカンとするヘンリー。

ヘンリーに見えたのは、リックが直前で拳に合わせて無造作に前蹴りを放ったことだけである。

特に何か敵の力を使う技術を使ったようには見えなかった。そして、リックは元々複雑な魔法は使えない。

困惑《こんわく》するヘンリー。それに対してリックはウンウンと頷きながら言う。

「いやー、急に力強くなったからちょうどいい力加減が分かんなくて参ってたんだけど。どう見てもあれクラインに寄生してたモンスターだしな」

リックは跳躍《ちょうやく》して、宙を舞うモンスターの方へ砲弾《ほうだん》のごとき速さで飛んでいく。

そのまま、跳び蹴《げ》りを一閃《いっせん》。

『グギャアア』

悲鳴と共に腹部の肉片《にくへん》をまき散らしながら、モンスターがさらに高く舞い上がった。

「よっと」

涼《すず》し気《げ》に着地したリックにヘンリーは尋《たず》ねる。

「……か、加減て。まさか今まで見てきた戦いは」

「ん？　ああ。ついこの前、手加減の大事さは学んだからな。人と戦う時は頑張《がんば》って力をセーブするさ」

「……へー、ナルホドー」

驚きの棒読みである。ヘンリーはもはやツッコミを入れる気も失《う》せたらしい。

そして、ズドンと轟音《ごうおん》が一帯に響く。モンスターが地面に落下したのである。

『グギイイイイイイイ』

胴体《どうたい》の三分の一を吹き飛ばされながらも、モンスターはすぐさま立ち上がった。

しかも、欠損部分が再生し始めている。

「物凄《ものすご》い生命力ですね」

「ああ、たぶん『六宝玉』の魔力《まりょく》のせいだな。だが、こんな力を振り回すだけのやつより……クラインの方が、俺にとっては厄介《やっかい》だったかな」

固有スキルは確かに強力だったが、それ以上に固有スキルを軸《じく》にした、接近戦主体の戦術体系とそれを実現させる高い技術は素晴《すば》らしいものだった。

大戦の最中、命を懸《か》けた戦場で恐怖《きょうふ》に立ち向かいながら磨《みが》いてきたモノだろう。だからこそリックは、自分の腕の一本くらいはおとりにしてでも確実に勝とうとしたのである。

『ギイイイイイイイイイイイイイイイイイイイイイイイ!!』

完全に再生しきったモンスターは、再びリックに攻撃を仕掛ける。

今度は、リックは防御《ぼうぎょ》すらしようとしない。

しかし、モンスターの放った拳《こぶし》はリックに命中する寸前で、見えない何かにぶつかったかのように弾《はじ》かれる。

防御用界綴魔法《かいていまほう》『エア・クッション』である。

（か、完全無詠唱《えいしょう》……）

ヘンリーは思わざるをえなかった。

自らの師であるこの男は、いったいどこまで規格外なのかと。

「なあ、ヘンリー」

リックは突然、後ろにいるヘンリーの方を振り向《む》いた。

「は、はい」

「一歩踏み出《だ》したお前への餞別《せんべつ》だ」

リックが拳を握《にぎ》る。

「見ておけ。これが本物の『エア・ショット』だ」

その手の周囲に、膨大《ぼうだい》な量の空気が収束していく。

小さな範囲《はんい》に閉じ込められ、高速で循環《じゅんかん》するそれはもはや極限まで凝縮した台風とも呼べるものであった。

「貫《つらぬ》け、疾風《しっぷう》!!　信念の風拳、果てなき旅の号砲《ごうほう》をあげろ!!　覚悟と決意と勇気を以って無と有の壁《かべ》を貫け!!」

完全詠唱で放たれる、その一撃の名は。

「第一界級魔法『エア・ショット』‼」

恐るべき速度と密度を以《も》って、放たれた空気の塊《かたまり》が全《すべ》てを飲み込んだ。

今度は再生できない。一瞬にして全身を木っ端《こっぱ》微塵《みじん》に破壊《はかい》し尽《つ》くすその威力《いりょく》に、再生速度が全く追いついていないのだ。

(ああ……凄《すご》いなあ)

ヘンリーは巨大なモンスターを粉砕《ふんさい》したリックの後ろ姿を見てそう思った。

大きな背中である。

ずっと、届かないとコンプレックスを感じていた、父や兄や姉ですら比べものにならないほどの力強い後ろ姿だった。

「僕《ぼく》も……いつか、あんな風に。今度こそ本当に、自分の力でアルクさんを守れるように……」

「うん。きっとヘンリーは強くなれるわよ」

アルクは自分に寄り掛かるヘンリーに、そう言ってほほ笑《え》んだ。

□□□

東方騎士団本部のあるイースタット領に、見る人間が見ればなんとも奇妙《きみょう》な一行がいた。

怪《あや》しい集団ではない。彼《かれ》らは数時間前に東方騎士団本部から出てきたし、身につけている制服は騎士団のもの。更《さら》に列の中央に位置する馬車は中は見えないが豪奢《ごうしゃ》な装飾《そうしょく》が施《ほどこ》されており、かなりの貴族か重要人物が乗っているのは容易に想像できる。

だから決して怪しくない。誰《だれ》が見ても送迎《そうげい》任務中の騎士《きし》一行である。

怪しくはないが、奇妙なのだ。どうにも、重要人物の護衛だというのに周囲の騎士たちの緊張《きんちょう》感が欠けていた。

別に制服をだらしなく着崩《きくず》しているとか、任務中なのにおしゃべりや遊戯《ゆうぎ》に興じている者がいるとか、そういうわけではないのだ。ただ彼らには、警察警備の仕事についているもの特有の『万が一には命を落とす』というような緊張感が、全くと言っていいほど感じられないのである。

むしろ、自分たちこそが守られているかのような。

この、馬車の警備にあたっていることこそが世界で一番の安全を保証しているとでも言うような。

「報告します」

騎士の一人が馬車の前まで来て言う。

「東方騎士団本部より伝令。先程《さきほど》、四名の者によって襲撃《しゅうげき》されたとのことです」

それを聞いて、馬車の中にいる人間の近衛《このえ》兵《へい》である灰色の騎士装束を着た壮年《そうねん》の男が低い声で言う。

「ほお。それはまた。守銭奴《しゅせんど》のクラインめ、ジョークの腕を上げたな……と言いたいが、確かに我々が先程後にした方から煙《けむり》が上がっているな」

「はい。しかも、その……信じがたいのですが。東方騎士団からの応援要請《おうえんようせい》まで入っているのです」

「ほう……もしかすると、そいつらに制圧でもされているかな、はっはっはっ!!」

そう言って大きく笑う。

「いかが致《いた》しますか、エルリック特等騎士?」

そう。この灰色の騎士装束の男。騎士団の頂点に立つ十三人の一人である。確かに、ひと目見ただけで只者《ただもの》ではないと分かる堂々とした立ち居振《ふ》る舞いと常に余裕《よゆう》のある表情、いわゆる強者特有のオーラのようなモノが彼にはあった。

「そういうのは俺《おれ》ではなく長《おさ》に問うべきだろう」

エルリック特等騎士は馬車に目をやって言う。

「ということですが、どうしますかねぇ？」

『……』

馬車の中の人物は、黙《だま》ってその話を聞いていた。

それにしても、本来騎士団のトップであるはずの特等騎士をして「自分ではなくトップに指示を仰《あお》げ」と言わせる人物とはいったい誰なのだろうか。

しばし、馬車の中の人物は沈黙《ちんもく》を続けていたが、やがて声が聞こえた。

『少し、気になるね』

少年の声だった。

声音《こわね》にコレといった特徴《とくちょう》はない。

いや、むしろ、特徴がなさすぎることが特徴と言えるかもしれない。

初めてこの声を聞いたものの反応は二つに分かれる。全く記憶《きおく》に残らないか、強烈に記憶に刻まれるか、そのどちらかである。記憶に残る者たちの言はこうだ「あまりに特徴がなさすぎて、漂白《ひょうはく》されすぎていて逆に恐ろしくなった」と。

『ちょっと、見てこようかな』

馬車の扉《とびら》がギイと小さな音を立てて開いた。

□□□

モンスターの吹き飛んだあとには、可視化された魔力を放つ緑色の球体が残るだけであった。

リックはそれを拾い上げると、光にかざして言う。

「これが『緑我《りよくが》』。三つ目の『六宝玉』か」

まさか、クラインの体の中に入っていたとは思わなかった。

（いったいどこでこれを手に入れたんだろうな……いや、それよりも……なぜ『六宝玉』だと知っていた？）

とリックは眉《まゆ》をひそめる。

というのも、『六宝玉』は二百年に一度の活動期間になるまでは魔力の放出現象は起きず、ただの丸い宝石にしか見えないのである。

非活動期間でも内在する魔力は強く、大規模な魔《ま》法《ほう》装置の触媒《しよくばい》などに使うことはできる。

クラインが自らの体に埋め込み魔力を向上させていたのも、おそらくは似たような使い方をしたのだろう。しかし、やはり見た目は完全にただの丸い宝石なのだ。

クラインはただの宝石にしか見えないものを『六宝玉』であるという確信を持って体の中に埋め込んだことになる。

問題は、活性化状態と非活性化状態に関する知識を知っているのは、あの人から直接『英雄ヤマト』の時代の話を聞いている自分たちだけのはずだということである。

『英雄ヤマトの伝説』では『六宝玉』は、『目に見えるほどの魔力を放つ宝石』とだけ記されているのだ。

（裏に誰かいる……）

そう思わざるをえなかった。

「おっと」

こうしている場合ではない。

本部長なき今、ヘンリーやアルクは事情を話せば大丈夫《だいじょうぶ》だろうが、仮にもミーア（？）嬢《じょう》に頼《たの》んでの裏口入学をかましているリックがここにいるのを見られるのはまずかった。

（今更《いまさら》かもしれないが）あまり目立って、痛い腹を探《さぐ》られたくはない。

リックは振り返《かえ》ると、二人に向かって言う。

「アルク、ヘンリー。お前らとの寮生活楽《りょうせいかつ》しかったぜ。ガイルにもそう伝えといてくれ」

「リックさん……」

「ああ、そうだ。アルク。後でレストロア領のビークハイル城に来い。じゃあな」

リックはそう言って北に向けて駆《か》け出した。

本部の建物の外に出ると、意識を失った騎士たちがそこら中に倒《たお》れていた。城壁《じょうへき》も三箇《か》所《しょ》どでかい大穴が空いており、見るも無残とはまさにこのことであった。これで、恐らく一人の死者も出していないであろうということが、リックの先輩《せんぱい》たちの恐ろしいところである。彼らの実力を考えれば全長１００メートルの巨大すぎる剣《けん》を振り回《まわ》して、そこらのチンピラたちを上手《うま》く気絶させるかのような所業である。

進行方向に壁があったが、リックは当然のようにその壁を駆け上《のぼ》って越《こ》える。その姿を見た意識を失っていない騎士たちは唖然としただけで、騒《さわ》ぐようなことはしなかった。まあ、彼らはつい先程までこの世の地獄《じごく》に相対していたので、今更この程度は声を上げるほどでもないのだろう。

壁から外に飛び降りて、少し走ると川が見えてきた。

そこに一隻《せき》の船が停《と》まっている。

「おお!!　きたきた。おーい、リックくん。こっちやで」

「おかえりー。リッくーん」

「思ったより時間がかかったな」

『オリハルコン・フィスト』のメンバーが船の上でリックを待っていた。ここは事前に決めておいた集合ポイントである。

東方騎士団本部の近くにある、グリンド川から船で離《り》脱《だつ》するという作戦であった。

リックは地面を蹴って船に飛び乗る。

「お疲《つか》れ様《さま》ですリック様。それで例のものはありましたか？」

「ああ」

ぐっと親指を立てるリック。

「ブロストンさん。あの子は？」

「ああ、大丈夫だ。下のベッドに寝《ね》かせてある」

「よっしゃ、『真・方舟《はこぶね》アルティメット、エリザベス4号』出発進行や‼」

そう言った瞬間、どういう理屈《りくつ》かミゼットの船はブロロロロロロロという音とともに急激に加速し、グリント川をあっという間に下っていく。

僅か十分程度で、10㎞の河川《かせん》を下りきり海へ出てしまった。

「よーし、海まで出れば一先《ひとま》ず安心やねー。あーええ仕事したわ」

そう言って、操縦桿《そうじゅうかん》から手を離《はな》して伸《の》びをするミゼット。

リックもホッと一息ついたところで、懐《ふところ》から『緑我』を取り出して言う。


「皆《みな》さん、これ」

リックはパーティのメンバーに『緑我』がクラインの体の中に埋め込まれていたこと、最後には『魔王獣』のようなものにクラインの体が変化したことなどを詳《くわ》しく話した。

「どう思いますかね？」

「ふむ」

ブロストンが顎《あご》に手を当てて言う。

「確かに、リックが疑問に思ったことは話を聞いていてオレも疑問が湧《わ》いたな。コレは一度、アイツに確認《かくにん》してみた方がいいかもしれん」

「あの人ですか。集会場ほとんど来ないんですよね。今どこに行ってるんだか」

その時。

「ん？」

リックは妙《みょう》な気配を感じて陸の方を見つめた。いや、リックだけではない、『オリハルコン・フィスト』全員が、先程進んできた方を見た。

「……なんだあれ？」

騎士団の制服を着た一人の少年が、水の上を歩いていた。

まるで、そこは地面で。両足で踏みしめるのが当たり前かのようにゆっくりと。

少年の見た目は至って平凡《へいぼん》である。平凡な黒髪《くろかみ》、どちらかと言えば整っているといえなくもない中性的な顔立ち、学校のクラスを一つ見れば一人はいそうな気がする特徴のない見た目だった。

それが、何より異常性を感じさせる。そんなやつが、なぜか魔力も感じさせずに当然のように海の上を歩いていることなど異常以外の何物でもない。

「へえ」

「ほう」

感心したように声を上げるブロストンとミゼット。

「わー、おもしろそー!!」

真っ先に動いたのはアリスレートだった。

船の最後尾《さいこうび》に駆け寄《よ》り、少年に人差し指を向けると。

「どーん‼」

いきなり、少年に向けて魔法をぶっ放した。

「ちょ⁉　アリスレートさん‼‼」

驚《おどろ》くリック。

今回放ったアリスレートの魔法は不可視の衝撃波《しょうげきは》。

轟音とともに海面を切《き》り裂《さ》きながら、凄《すさ》まじい勢いで少年に襲《おそ》いかかる。

もはやそれは、進行方向にあるものは一切情け容赦《ようしゃ》なく破壊し尽くすエネルギーの大津《おおつ》波《なみ》だった。

対して、少年はゆっくりと流れるような所作で剣を抜いた。

そして。

「王国式剣術《けんじゅつ》、基本三型『切り下ろし』」

少年の剣が衝撃波の津波《つなみ》に向かって振《ふ》り下《お》ろされる。

次の瞬間《しゅんかん》。


海が割れた。

冗談《じょうだん》でも比喩《ひゆ》でもなく、アリスレートの魔法と少年の剣が激突《げきとつ》した場所から数キロメートルにわたって横一直線に水面が切り裂かれ、海底がさらされたのだ。まるで、預言者が杖《つえ》を振りかざしたかのごとく。

その異常な現象を剣のたった一振《ひとふ》りで起こした少年は、特にこちらを追いかけようとする様子もなくその場に立っていた。

その間も船は進み少年は小さくなっていく。

リックは遠ざかっていくその姿を見ながら冷《ひ》や汗《あせ》を流した。

「そんな……アリスレートさんの魔法を真っ向から防ぎ切るなんて……」

さっきのアリスレートの一撃は彼女《かのじょ》にとっては戯《たわむ》れレベルのものだ。それでも、威力はまともな魔術師《まじゅつし》の完全詠唱魔法《えいしょうまほう》など比べ物にすらならない、超《ちょう》ド級《きゅう》の破壊攻撃《はかいこうげき》である。

「化物かよ……」

「毎日のように真正面から打ち消してるリック様がそれを言いますか」

隣《となり》にいるリーネットの的確なツッコミが入った。

□□□

少年は遠ざかっていく船を見ながら、頭をポリポリとかいて言う。

「……しまったな。これだけ大きな断層ができてしまうと歩いて追いかけられないじゃないか」

「ミカエル様ああああああああ!!」

一隻の船が少年の方に向かって進んでくる。

そこには、灰色の騎士装束を着た特等騎士をはじめとして、先程まで馬車の警護にあたっていた人間数名が乗っていた。

少年は、水面を蹴って跳躍しその船に緩《ゆる》やかに着地した。

「まったく、アナタという人は……急に海の方に一人で飛び出して。もう少し自分のお立場を自覚してください。王器十三円卓《えんたく》第一席、ミカエル・マルストピア王子」

慣れているがやはり心労絶えぬと、諦《あきら》め半分で灰色の騎士装束は進言をする。

「ねえ。エルリック」

「なんですか?」

が、そんなものはどこ吹く風《かぜ》と、涼し気な笑みを浮《う》かべてミカエルは言う。

「世の中は広いね。ボクは嬉《うれ》しくてたまらないよ」

はあ、と灰色の騎士装束は大きなため息を吐《つ》いた。

騎士団学校編エピローグ

――二週間後。

アルク・リグレットはレストロア領に来ていた。

「ここがビークハイル城か……」

アルク・リグレットは眼の前の古びた城を見上げてそう呟《つぶや》いた。

現在、アルクは騎士団学校を除籍させられている。といっても、これは一時的な処置だった。

あのクラインの一件以降、当然ながら様々なことがあった。

まず、翌日の王国日報の紙面を飾《かざ》ったのは東方騎士団本部長クライン・イグノーブルと、それに加担していた伝統派の教官たちの予算横流しについてだった。噂《うわさ》ではどこかのお偉《えら》いさんが情報を掴《つか》んで、タレコミをしたらしい。

当然、中央から派遣《はけん》されてきた憲兵たちによる東方騎士団及《きしだんおよ》び東方騎士団学校の徹底《てってい》した調査が行われた。東方騎士団学校で行われていた訓練の域を超《こ》えたシゴキやイビリ、特別強化対象の選定といった様々な所業が明るみになり、東方騎士団学校の教官の過半数が中央の訴追《そつい》委員会に出頭を命じられることになる。恐《おそ》らく、そのまま学校に戻《もど》ってくることはないだろう。

調査の過程で、アルクについても明るみに出ることになる。

性別の詐称《さしょう》は立派な犯罪行為《こうい》だったが、諸悪の根源であり同時に騎士団全体の汚点《おてん》となったクライン本部長に身内に病人がいるという弱みにつけ込まれたとあっては、あまり強く罰《ばっ》することができないというのが人情というものである。

よって、言《い》い渡されたのは騎士団からの除名。そして、二ヶ月後《かげつ》に女性団員として再び入学し直すことであった。元々真面目《まじめ》で優秀《ゆうしゅう》な人材である。騎士団としてもできれば身内に入れておきたいというのも本音だろう。

そんな寛大《かんだい》な処置のおかげで、アルクはこうして二ヶ月ほど暇《ひま》な時間ができたわけである。

毎日のように厳しい訓練をする必要もないし、首席を取らなくてはいけないプレッシャーに苦しむこともない。恋仲《こいなか》になったヘンリーとあまり会えないのは残念だが、非常に穏《おだ》やかな日々である。

しかし。アルクの心は晴れなかった。

弟の行方が未《いま》だに分からないのである。

騎士団学校に入っていた間はクラインを通して手紙のやり取りができていたのだが、そのクラインが例の事件で死亡して以降連絡《れんらく》が取れなくなってしまった。中央の調査団がクラインの所有していた不動産なども根こそぎ調べたが見つからなかったのである。

体も弱く、病にかかっている弟である。きっともう……。

そんなことを考えてしまう。

その時。

ギィと鈍《にぶ》い音がして城門が開いた。

中から、三つの人影《ひとかげ》が現れる。

「よお、アルク。久しぶり。へえ、私服は結構女の子っぽいんだな」

一人は元同僚《どうりょう》のリックである。あの事件の後、元々厳しいことは分かっていたが犯罪の温床《おんしょう》だったとあっては自分の子供を置いてはおけないと、かなりの人数の騎士団学校生が辞《や》めていった。そのどさくさに紛《まぎ》れて、騎士団を去っていった男だ。

一人は、巨漢《きょかん》の男。というか、オークであった。

「オレはブロストン・アッシュオーク。お前がアルク・リグレットか。騎士団学校ではリックのやつが世話になったらしいな。感謝する」

そして。

「えっ？」

最後の一人の姿を見た時、アルクはハッとして目を見開いた。

まるで、ずっと夢に思《おも》い描《えが》いていた景色が現実に現れたかのように。

「アルクおねえちゃん!!」

「レイ……」

そう。見間違《みまちが》えるハズもない。弟のレイ・リグレットがそこにいた。

しかも、自分の足で地面に立ち元気そうにこちらに走ってくるのである。その顔色は病《びょう》魔《ま》に侵《おか》されているもののそれではなかった。

ブロストンは顎に手を当てながら言う。

「この少年の病『デニクス感染症《かんせんしょう》』は、間違《まちが》った知識が一般化《いっぱんか》されてしまっている典型例でな。確かにコレが効くという具体的な治療薬《ちりょうやく》等は存在せんのだが、そもそも体力がなく抵抗力《ていこうりょく》が弱っているものにしか発症《はっしょう》せんのだ。発症すれば体力を削《けず》っていくし抵抗力も弱まっていく一方だから、確かにその意味では不治の病なのだが、逆に言えば強力な回復魔

法などで一時的にでも体力を戻してやれば本人の免疫力《めんえきりょく》で治すことが十分に可能なわけだな」

アルクは自分の胸に飛び込んできた弟をギュッと抱《だ》きしめる。

「お姉ちゃん、ありがとね。ボクのためにずっと頑張っててくれて。元気になったから、今度はボクがお姉ちゃんのために頑張るよ!!」

「うん、うん……良かった。本当に……良かった」

アルクは弟の頭を撫《な》でながら、笑顔《えがお》で涙《なみだ》を流していた。

第四話　リーネットとの温泉旅行

「へえ。最近できた話題の温泉なんだな」

「はい、リック様。東方の旅館宿というもののテイストを取り入れたものらしいです」

騎士団《きしだん》での騒動《そうどう》の少し後。

リックはリーネットと二人で温泉旅館に向かっていた。

季節は冬。二人を乗せた馬車が深々と降り積もる雪の中を進んでいく。

『六宝玉』が再活性化状態になり、次の場所を指し示すまでには三ヶ月以上かかる。

もちろん、その間にも『オリハルコン・フィスト』のメンバーは調査をしたり資金を調達したりしているのだが、さすがに世界各地のどこかにあるものを探すというのは雲をつかむような話だ。本格的に動くのはやはり、探索魔法《たんさくまほう》で次の在処《ありか》を特定してからである。

そういうわけで、あと二ヶ月ほど時間のできたリックはあの『闘技会《とうぎ》』の熱い戦いで勝ち取った権利を、いよいよ行使することにしたのだ。

すなわち……。

（温泉旅行バンザイ!!　よく頑張った闘技会での俺ッッッ!!!!!!）

そう。リーネットとの三泊《ぱく》四日の温泉旅行である。

「それにしてもリーネット。ビークハイル城を三日も空けて大丈夫なのか？」

リックが主に心配しているのは『オリハルコン・フィスト』の問題児二人（ミゼットとアリスレート）である。

あの二人は、片付けるという概念《がいねん》の存在しない生き物なので、普通《ふつう》の家なら放っておけばものの半日でゴミ屋敷《やしき》と化す。広いビークハイル城とはいえさすがに数日も放置すれば悲惨《ひさん》なことになる気がするのだが……。

「それについては大丈夫です。あの二人は賭《か》けに負けてこの四日間はビークハイル城の家事を全て引き受けてもらってますから」

「へえ。あの二人がねえ。てか、賭けって？」

「……大したことではないですよ」

「ん？　そうなのか」

あの二人が家事を引き受ける約束をするのは、結構分のいい賭けな気はするが……。

「ええ、大したことではありません」

そう言ったリーネットの顔は、いつもの無表情ではあるがどこか楽しそうだった。

もしかしたら、リーネットも楽しんでほしいというリックの願望も入ってるかもしれないが。

とはいえ、なかなかにいい雰囲気《ふんいき》である。

（……これは、もしかしたらいけるぞ）

リックはこの旅行である目的を達成するつもりだった。

男盛りの男と若い女が二人。しかも、初対面ではなく普段《ふだん》から同じ場所に住んでいてお互《たが》い勝手知ったる仲だ。

その二人が泊《とま》りがけで温泉旅行をするのだ。

つまり、要はそういうことだろう。

リックはこれまでたった一人とはいえ、一応彼女がいたこともある人間だ。

この期《ご》に及《およ》んで「ゆっくり過ごせたらいいな!!」などという子供のようなことを言う気はない。

よってリックの目的とは。

（俺はこの旅行の間に、リーネットとセ○○スするッッッ!!）

もちろん存分に旅行を楽しむつもりだが、これもまた男のロマンであり旅行の楽しみである。

というか、相手もよほど頭がお花畑でなければ異性と二人っきりの旅行で何も起きないとは思ってないだろう。リーネットが温泉旅行に行くと言った時点で、半分ＯＫが出たようなものである。

よって後は試《ため》されるのは男の覚悟《かくご》と雰囲気を作る力量のみ。

実はリック。二十歳《はたち》の頃《ころ》に当時の彼女と同じく二人っきりの泊りがけの旅行で初めてベッドインしようとして大失敗し、結局行為に及ぶまでそれから一年かかったというトラウマがある。

（今度こそは……上手くやって見せるッッ!!）

男リック、勝負の四日間が始まる。

□□□

「へえ。これが旅館宿ってやつか」

目的地に着くと、木造建築の珍《めずら》しい形をした建物がリックたちを出迎《でむか》えた。

これが、リーネットが言っていた東方の建築形式というやつだろう。普通の高級宿のような豪華絢爛《ごうかけんらん》な感じはないが、自然を切り取った落ち着く雰囲気があった。

「日頃《ひごろ》の疲れを忘れてゆっくりするには、こういうのが丁度いいかもしれないな」

「そうですね。私もこの雰囲気は好きです」

隣に立つリーネットも頷《うなず》いた。

「よし。じゃあ、行くか」

リックはそう言ってガラガラと扉を開けた。

「ようこそいらっしゃいました」

入ってすぐの玄関《げんかん》のところで女が一人、床《ゆか》に膝《ひざ》と手をついてゆっくりとお辞儀《じぎ》をしてきた。

年齢《ねんれい》はまだ若く、十代の後半といったところだろう。サラサラとした金髪《きんぱつ》とクールな雰囲気の漂《ただよ》う切れ長の目、手足は座《すわ》っていても分かるほど長く、確か浴衣《ゆかた》とかいう名前だったと思うがその服を内側から押《お》し上《あ》げるほどメリハリのあるスタイル。かなりの美人である。この店の看板娘《かんばんむすめ》と言ったところだろうか。

「ああ、こちらこそどうも」

リックもヘコヘコと頭を下げる。

リーネットも隣でなれた所作で深々とお辞儀をした。

「えっと、予約していたリックですけど」

「はい。承《うけたまわ》っております。本日は『月影園《つきかげ》』におこしいただきありがとうございます。当店の女将《おかみ》を務めさせていただいておりますシシリー・エリソンと申します」

「女将って、確か東方でこういう旅館を取り仕切ってる人のことですよね？」

「はい。若輩《じゃくはい》ながら誠心誠意務めさせていただいております」

そう言って再び優雅《ゆうが》に頭を下げるその姿は、謙虚《けんきょ》さと同時にそれでも深い部分では自分の仕事への自信が見て取れるものだった。

（へえ。これは期待できそうだな）

リックは思わずそう呟いた。リックくらいの年でもこういう軸《じく》のしっかりした雰囲気が出せる人間は多くない。

（はい。若いのに大したものです）

隣のリーネット感心したように小さい声でそう言った。

「……いや、あのバカ広いビークハイル城と問題児たちを一人で何とかしてる時点でリーネットも大概《たいがい》だと思うが」

「それでは、さっそくお部屋に案内します。こちらへどうぞ。こちらの旅館は館内全て土足禁止となっております。靴《くつ》はそちらの下足入れに入れて上がってください」

なるほど、おそらくそれも東方の形式なのだろう。しっかりと徹底されているので、実際には行ったことがなくても『本物な雰囲気』みたいなものが伝わってくる。

「さてと」

リックはリーネットより先に下足を脱《ぬ》ぐと旅館に上がる。

（……さて、ここが一つの雰囲気作りのポイントだ）

ここでリーネットが段差を上がりやすいようにスッと手を出してエスコートするのである。

紳士的《しんしてき》な雰囲気とさりげないボディタッチで雰囲気を作っていくのだ。

決して焦《あせ》って思いっきり、グワシィ!!　と手を掴み上げてはいけない。

リックは十年前の幼馴染《おさななじみ》の言葉を思い出す。

『痛ったい!!　なによいきなり。なんかアタシ、リックを嫌《いや》がらせるようなことした⁉』

（……うっ、頭がッ）

リックは蘇《よみがえ》ってきたトラウマに頭を抱《かか》えて膝をつく。

いやほんとスイマセン。ベッドで乳を揉《も》みしだくイメージを前日し過ぎてつい握力《あくりょく》が暴走したんです。マジでスイマセン。

「……急にどうしたんですか、リック様？」

そんなことをしている間に、リーネットは旅館に上がって急に膝をついたリックの顔を覗《のぞ》き込んでいた。

「ああ、いや。なんでもない、なんでもない」

そう言ってリックは立ち上がる。

気を落とすことなかれ。

最初の仕掛《しか》けは上手くいかなかったが、まだ勝負は始まったばかりである。

□□□

「こちらが、お客様に使っていただくお部屋になります。

シシリーに案内されたのは、広々とした和室と呼ばれるものだった。

「へえ。床に敷《し》いてるのは確か畳《たたみ》ってやつだな」

「板長を務める夫のこだわりで、徹底して旅館宿の形式で統一させていただいています」

「なるほどね。なんというか、こう、風情《ふぜい》？　みたいなのがあるな」

リックはそんなことを言いつつも、その視線はある一箇所に熱烈《ねつれつ》に注がれていた。

部屋の奥《おく》にある外に通じる扉。そこに書かれた『露天風呂《ろてんぶろ》』の文字。

（来たっっ!!　備え付けの露天風呂!!　これで勝ったたっっ!!）

自動的に裸《はだか》の付き合いができる、雰囲気作りにおける最強のアイテムである。

「よ、よーし。さっそく、移動の疲れを癒《いや》すために……」

「ああ、そうでした。大変申し訳ありませんが、現在備え付けの露天風呂は夜までご利用できませんので、今すぐ入りたいようでしたら大浴場の方をお使いください」

「なん……だと……!?」

何とタイミングの悪い。大浴場はもちろん男女別である。裸の付き合いというわけにはいかない。

「分かりました。では、大浴場の方利用させてもらいます。さっき通りかかったところにあった階段を下りたところですよね？」

ガックリと肩《かた》を落とすリックとは対照的に、リーネットはいつも通りの様子でシシリーにそう尋《たず》ねる。

「はい。それでは夕食は十九時からですので、それまでごゆっくりお楽しみください」

シシリーはそう言うと、綺麗《きれい》な動作で一礼して部屋を去って行った。

リーネットはそれを見送ると、部屋を一通り見回して備え付けのタンスを開ける。

「館内着はここですね。それではリック様、さっそく大浴場に……どうしました？」

「……ああいや、なんでもない。イヤー、オンセンタノシミダナー!!」

クソ。まだだ、まだいくらでもチャンスはある。

□□□

「メチャクチャいいお湯だったな……」

狙《ねら》いが空振《からぶ》りして落ち込んでいた気分が消し飛ぶくらい、眺《なが》めも良く体が芯《しん》から温まるいい湯だった。

館内着に着替《きが》えたリックは周囲を見回すが、リーネットの姿はない。

「リーネットはまだ、出てきてないか」

リーネットは風呂《ふろ》となると、ゆっくり湯船に浸《つ》かるタイプである。

リックも眺めがよかったので普段よりはかなり長めに入っていたのだが、どうやらリック以上にゆっくりしているらしい。

「奥様《おくさま》が出るのを待つなら、遊戯場《ゆうぎじょう》を利用してはいかがですか？」

「あ、シシリーさん。いや、嫁《よめ》ってわけじゃないんですけどね……」

先ほどと同じ浴衣姿《ゆかたすがた》のシシリーが、リックの様子を見て事情を察したのかそう言った。

遊技場は浴場から出てすぐのところにあるスペースで、通りがかりに見えるようになっている。なるほど、確かに後から出てくる人を待つのにちょうどいい。

「それにしても、シシリーさんよく気づく人だなあ」

リックが風呂から出たところでキョロキョロしたのを少し見かけただけで、事情を察して適切な声掛《が》けをしたのだ。簡単なようで常に周囲に気を配っていなければできないことである。この辺りは、リーネットと似ていて非常に好感が持てる。

そんなことを思いながら、リックは遊技場の方に行く。

「へえ。ここも凝《こ》ってるな」

遊戯場には多種多様な東方の遊び道具が用意されていた。ブロストンがいくつか趣味《しゅみ》で持っていたものがあったが、それでも初めて見るものも多い。

「この、木の板と羽根がついた木の玉はどんな遊びに使うんだ？」

「あれー、おじさんしらないの？　これはハネツキっていうんだよ」

下から声がしたので視線を下げてみると、小さな女の子と男の子がいた。

声を掛けたのは女の子の方だった。腰《こし》にまだ短い手を当ててフンスと偉そうな態度を取っている。たぶん、賢《かしこ》く見られたい年頃《としごろ》なのだろう。隣にいる男の子よりは年上なので彼《かれ》の前でお姉さんぶっているのかもしれない。

リックはしゃがみ込んで視線を下げると少女に言う。

「そうなんだよ。悪いけど使い方教えてくれないかお姉ちゃん？」

「しかたないわね!!　ユキト、やるわよ」

「う、うん。アイリちゃん」

容姿は整っているが、どうにも気の弱そうな男の子はアイリに渡《わた》された木の板を手に取ると、アイリから五歩ほど離れた。

「いくわよ!!　えい」

アイリと呼ばれた女の子は、板で羽根の生えた木の球を下からすくい上げるようにして打った。

「え、えい」

ユキトと呼ばれた少年は自分に向けて打たれた球を、再びアイリの方に打ち返す。

後はそれの繰《く》り返しだった。

「なるほどな。そういう感じか」

リックが納得《なっとく》したように頷く。要はあの板で羽根を相手に向かって打ち合う遊びらしい。

その時。

「あの男の子。上手く返してますね」

「お、リーネット。上がったのか」

リックと同じく館内着に着替えたリーネットが隣に立っていた。

「はい。お待たせしましたリック様」

「お、おう……」

湯上がりのリーネットは何度も見ているが、格好がいつもと違《ちが》うのもあって改めて見とれてしまうくらいに非常に魅力的《みりょくてき》だ。緩く作られた館内着を内側から押し上げる抜群《ばつぐん》のスタイルも相変わらずで、部屋の露天風呂が夜まで使えないのが非常に悔《く》やまれる。

「……どうしました、リック様?」

「ああいや、なんでもない。そうだな、女の子の打つ羽根を上手く同じ場所に返してるよ」

女の子の方が自信のありそうな態度をしているのでパッと見はそちらの方が上手《うま》いよう

に見える。しかし、女の子の打つ羽根は力強いがややコントロールが雑であり、男の子の方がそれを上手く拾って女の子の打ちやすいところに返しているのだ。

「あっ」

「あー、ユキト落とした。まったく、ヘタクソね!!」

「ごめんごめん」

そういって、気弱そうに笑うユキト。

明らかに今のもアイリの方の打ち損《そこ》ねだと思うのだが……なんとも人のいい少年だなあと思う。

「おじさん。もう分かったでしょ?」

「ああ、そうだな。大体の感じは分かったな」

「ほら、ユキト。アンタが落としたんだからアンタが変わりなさい!!」

「……う、うん」

そう言って人の好《よ》さそうな男の子、ユキトはリックの方にやってきて板を差し出してきた。

リックはそんなユキトにこっそりと耳打ちする。

(いいのかよ。さっきの、明らかにアイリちゃんの方のミスだろ?)

（うん……でも、アイリちゃん楽しそうだから）

できた子だなあ。と感心するリック。

いい子過ぎて将来悪い女に利用されないか心配である。

「じゃあ、お言葉に甘《あま》えて、やらせてもらいますか」

リックは板を受け取る。

触《さわ》った感じ思ったよりも軽いが、しっかりした素材が使われているようだ。

「ふふふ、言っとくけど。アンタも落としたらそっちのオッパイデカいお姉ちゃんと、すぐこうたいだからね」

アイリは自信満々な様子で、板でビシッとリーネットの方を指す。

まるでこの競技のチャンピオンか何かのような堂々たる佇《たたず》まいだった。

「おほほほ、このぜったいじょうおう相手になんびょうもつかしらね」

（と思ったら自分で絶対女王とか言っちゃってるし……）

元気なお嬢様《じょうさま》である。

「まあ、いいや。よし、こい」

リックは板を構える。

「じゃあ、いくわよ……はい!!」

アイリが右手に持っていた羽根を打ち上げる。

しかし。

「あっ!!」

打ち損ねたらしく、リックの立つ位置よりも大分右に逸《そ》れてしまった。

「よっと」

しかし、この程度回り込むのはリックにとっては造作もない。

「ウソ!!」

アイリが驚いている。

さんざん鍛《きた》えられたおかげで身体操作とかを使わなくても、リックは結構なスピードで動けるようになっているのである。

そして、リックは右手に持った板を振りかぶる。

(アレ？　そう言えばなんか忘れてるような……)

リックの板が羽根を捉《とら》えた。

次の瞬間。

ゴオオオオオオオオオオ!!　という凄まじい風切り音と共に恐るべき速度で羽根が打ち出された。

そして、アイリのいる位置とはまるで全然違う見当違《けんとうちが》いの方向に吹《ふ》っ飛《と》んだ羽根は、そのまま猛《もう》スピードで背後の壁《かべ》にメシャリとめり込んだ。

（そうだった。俺《おれ》、道具使うのめっちゃ苦手なんだったわ）

□□□

「……へ？」

アイリは一瞬《いっしゅん》、何が起こったのか全く理解できなかった。

目の前にいるオッサンが、板を振りかぶったところまでは見えた。

しかし、そこからは一切《いっさい》見えなかった。

まず、板とそれを持っている腕《うで》が一瞬で視界から消失した。

さらに、吹き飛ばされそうになるような暴風がなぜか屋内で発生した。もはやそれは、風というよりは衝撃波に近く、アイリは風圧に押されて尻《しり》もちをついてしまう。

「……」

アイリは黙《だま》ったまま後ろを振り返《かえ》る。

羽根が木製の壁に深々とめり込んでいた。羽根の重さなどあってないようなものなのに、いったいどんな速度で飛んだらこんなことになるというのだろうか？

アイリの背中を冷たい汗が流れる。

「いやー、やっぱり道具使うのは苦手だなあ」

そう言って、手の中にある板を見つめるオッサン……確か、リックと言ったか。

リックの腕や板は消失したわけではなかった。状況《じょうきょう》から考えれば、まだ年端《としは》も行かない少女の頭でも分かる。

この男は、完全に目が追えず衝撃波《しょうげきは》が発生するほどの速度で板を振《ふ》ったのである。そして、そのあまりの威力《いりょく》に打ち出されたほんの数十グラムの羽根が頑丈《がんじょう》な木材で作られた壁にめり込んだ、ということだろう。

分かりはするのだが、常識と当てはめてありえないと思えるほどにはさすがに幼いと言えどアイリも年を取っている。

ポキン。

「あ、折れた」

リックの持つ板が持ち手の部分からポキリと折れた。

「……」

アイリは自分が手に持った板の両端《りょうたん》を持って、思いっきり曲げようとしてみる。

……しかし、全くもってビクともしない。東方の伝統工芸品は見事にしっかりとした造りをしていた。これなら、たぶん大人が本気で折ろうとしてもそう簡単には折れないだろう。

それを目の前の冴《さ》えないオッサンは、一回振っただけで破壊《はかい》したというのだ。

「うーむ、しかし。この場合は俺が打ったとはいえ、やっぱり俺のミスになるのか？　仕方ないな交代だ。ほら、リーネット。絶対女王様に一矢報《いっしむく》いてやってくれ」

そう言って、リーネットとかいう連れのダークエルフに板を渡そうとするリック。

「……やっぱり、子供相手にノーコンなのはあぶねえなあ」

と、何やら小さい声でブツブツと言っていた。

「……」

アイリは押し黙ってしまう。

（も、もし、次のじゅんばんでまた、オッサンとあたったら……）

当然であるが、またあの殺戮《さつりく》スイングの前に立つことになる。

「あ、あああ、アタシばっかりうってもしょうがないから、こんかいはアタシがかわるわ」

「お、そう？　ありがとねアイリちゃん。なんか声震《ふる》えてるけど大丈夫《だいじょうぶ》？」

「ふ、震えてないわよ!!」

そう言ったアイリにリーネットがしゃがんでこちらに手を差し出してきた。

「私からもありがとうございます。板をお借りしますね」

「う、うん……」

アイリは自分の板を渡す。

「でも、オッパイ大きいおねえちゃん。平気なの?」

「何がですか?」

不思議そうにそう尋ねてくるリーネット。

もちろん、命がである。

「ああ、なるほど。大丈夫ですよ。リック様も遊びですから、かなり軽くやってますしね」

また信じがたいことを言った気がするが、アイリは聞かなかったことにした。

「よし、じゃあいくぞ。リーネット」

リックは新しい板を取り出し構える。

「はい」

リーネットも板を構える。

リックは予備として置いてあった羽根を左手で持つと、軽く宙に放った。

そして。

ゴオオオオオオオオオオオオオオオオオオオ!!


と、再び暴風が遊戯場に吹き荒《あ》れる。

その風切り音の鋭《するど》さは、驚《おどろ》くことにさっきよりも増していた。

再び吹き飛びそうになるアイリだったが。

「……アイリちゃん。傍《そば》にいると危ないよ」

いつの間にか自分の後ろに回り込んでいたユキトが、体を支えてきた。

「う、うるさいわね。分かってるわよ」

……意外に力強い腕だった。なんとも、なんともユキトの癖《くせ》に生意気である。

一方。

羽根つきの方はどうなっているかというと。

リックの打った羽根は再び見当違いの方向に、凄《すさ》まじいスピードで飛んでいく。

しかし。

「ふっ!!」

リーネットはまるでその場から消えて急に現れたかのように移動して、リックの打った羽根を板を使って受け止める。

ふわりと。硬《かた》い板を使っているのに、まるで両手で包み込むような柔《やわ》らかいタッチである。

そして、暴力的な威力をまとって放たれた羽根は、優《やさ》しくあやされて毒気が抜《ぬ》けたかのように優しい放物線を描いてリックの方に帰っていく。

「悪いな、リーネット。イマイチまだコントロールのコツが掴《つか》めなくてよ」

「私が全《すべ》て拾いますから。慣れるまで思い切って打ち込んできてください」

「サンキュー、リーネット……よっと!!」

□□□

(……ああ、この感じ。懐《なつ》かしいなあ)

リックは板で羽根を打ちながらそんなことを考えていた。

思い出すのは二年間、リーネットと繰り返してきた身体操作の訓練である。

基本的には組み手が多かった。肉体の強さ自体はブロストンに鍛えられてメキメキと上がっていったが、その分力のコントロールも難しくなっていた。よって、実践《じっせん》に近い動きの中で身体操作を学ぶことが大事だということで、リーネットを相手にひたすらに攻《こう》撃《げき》を打ち込んでいくのである。

初めは女の子相手に全力でいくのは躊躇《ちゅうちょ》したリックだったが、その時もリーネットは今と同じく「遠慮《えんりょ》なさらず打ち込んで来てください」と言って、実際にリックの攻撃を柔らかく華麗《かれい》に捌《さば》いてみせた。

だからこそ、リックは安心して全力を出すことができたのだ。

二年間の最後の方は、相手がブロストンやアリスレートに代わったがリックの身体操作の基礎《きそ》は、間違いなくリーネットの組み手で培《つちか》ったものである。

そしてそれは、今も同じだ。

羽根つきは、板を使って羽根のついた木の玉を打ち合うという動作としてはシンプルなものだ。しかし、道具を使うとどうしても器用に動かすのが苦手なリックにとっては、一回打つごとに反省と学びのある遊びだった。

まず最初に気がついたのは、板の面を使ってはダメだということだった。

自分の強い振《ふ》りに耐《た》えることができずに折れてしまう。

なので、リックは板を横に使うことで空気抵抗《ていこう》を減らしたのだ。更《さら》になるべく板への衝《しょう》撃《げき》を分散させるために、木目の一番頑丈な一点だけを使って羽根を打つ。

他《ほか》にも、角度はこうがいいとか、指は小指に力を入れる方がいいとか、目線は正面ではなくやや右を見ておいた方が打ちやすいだとか。

とにかく色々な発見がある。

そして発見したことを打ち込むことで一つずつ試していく。それはまるで、組み手の修《しゅ》行《ぎょう》のように。

少しずつ、リックの打ち出す羽根は少しずつリーネットの方に寄って来ていた。

そして。二十回目のラリーでついに。

「ふっ!!」

力強く振り抜かれたリックの板が、羽根を真《ま》っ直《す》ぐに捉えた。

打ち出された羽根は、重力での下降すら感じさせないほどの勢いで一直線にリーネットの方に向かい……。

「お見事です。リック様」

リーネットはその一打も上手く力を吸収し、羽根を真上に打ち上げる。

いや。

パキン、とリーネットの打ち上げた羽根が空中で砕《くだ》けた。

「力を吸収しきれませんでした。もう組み手のお相手は難しいかもしれませんね」

「はは、リーネットにそう言ってもらえるとはな」

リックが強くなれたのは、いや、そもそも冒険者《ぼうけんしゃ》として踏《ふ》み出《だ》せたのはリーネットのおかげである。そんな相手にこんなことを言われるのは、なんとも嬉《うれ》しいような、寂《さび》しいような。

そんな気分だった。

「よし、もうそろそろ飯の時間だな。行こうぜリーネット」

「はい、リック様」

「ほい。アイリちゃん。遊び方教えてくれてありがとな」

リックはそう言ってアイリに板を渡す。

「……あ、あんた。なにものなのよ？」

(何者なのか？　か)

そう問われたら今のリックの答えは一つである。

「冒険者だよ」

リックは笑ってそう答えた。

□□□

（……しまった。普通に楽しんでしまった）

リックは夕食の会場で頭を抱えていた。

せっかくの非日常を演出できる旅行で、思いっきりいつもの訓練っぽいことをしてしまった。

（まだだ。まだ、挽回《ばんかい》の機会はある）

確かに旗色は悪いがそれが何だというのだ。

そうとも、この二年間の訓練で自分がどれほど諦《あきら》めかけたと思っている……!!

確率が低いなら無理矢理《むりやり》でもこじ開けてみせるのだ。

（そうとも……俺はリック・グラディアートル、諦めの悪い男だ）


というわけで、食事の時間である。

「お、あそこだな」

リックは畳二十枚分ほどの広い宴会場《えんかいじょう》に、リックの名前が書かれた札の置いてあるテーブルを見つけた。

「ここの料理は絶品だと聞いているので楽しみです」

リーネットは珍しく嬉しそうな声でそう言った。

リックはあまり食に頓着《とんちゃく》する方ではないが、リーネットは美味《おい》しいものが好きである。

分かりやすく嬉しそうにしているリーネットは珍しいので、リックも連れてきて良かったなと思う。

しかし、同時にリックは頭の中で次のミッションの段取りを考えていた。

(食事となれば、狙うは間接キスだな)

間接キスとはもちろん、相手が口をつけたものを自分が食べるまたは飲むというものである。

そんなもので、ドキドキするなどまるで初心な子供ではないかと思うだろう。

しかし、侮《あなど》ることなかれ。

こういうのは大人であっても少なからず意識してしまうものである。

そもそも他人が口をつけたものを口に入れることに抵抗のある人間は少なくない。

だからこそ、当然のように相手が口をつけたものを自分が口に入れる、または、その逆をすることは、最終的に濃厚《のうこう》な粘膜《ねんまく》の接触《せっしょく》にたどり着くための前準備として非常に優秀《ゆうしゅう》である。

（ここでドキドキとさせておいて、戻《もど》ったら部屋についている露天風呂に二人で入る!!）

間接的な粘膜の接触の後は、裸での触《ふ》れ合《あ》いというわけだ。

完璧《かんぺき》な作戦である。

さて、リックは脳内で段取りを整理した後、テーブルの前の床に置かれたクッション（座布団《ざぶとん》と言うらしい）に座る。

そして、テーブルの上に置かれた食事を見る。

「おお。これはなかなか」

真っ先に目を引いたのが、船の形をした木の食器に盛られた生の魚の切り身である。他にも落ち着いたデザインの食器に、見たことのないおそらく東方の料理が並んでいた。

「それは舟盛《ふなも》りと言うんですよ。そちらの小皿の醤油《しょうゆ》につけて召《め》し上がってください」

追加の料理を持ってきたシシリーがそんなことを言った。

「へえ。そうですか。じゃあ、早速《さっそく》いただきますか」

リックはそう言って、切り身を一つ取って黒い色のタレにつけて口に運ぶ。

「……へえ。魚をこういう食べ方したのは初めてだけど、こりゃ美味《うま》いな」

「他の料理も丁寧《ていねい》な味付けがされていてすごく美味しいですね」

隣《となり》でリーネットも感心したようにそう言った。

いろんなことに対して率直《そっちょく》に感想を言うリーネットに手放しで味を褒《ほ》められるというのは、なかなかないことである。

女将のシシリーはそれを聞いてニコリと笑う。

「だそうですよ……ほらアナタ、ビクビクしてないで挨拶《あいさつ》しなさいな」

シシリーがそう言うと、長身のシシリーより一回り背の低い中年の男が現れた。

「……ど、ど、ど、どうも。アラン・エリソンです」

アランは少し聞き取りづらい小さい声でそう言った。

「ん？　ファミリーネームが、エリソンってことは」

「はい。私の夫で板長を務めております」

シシリーはそう言った。

「へえ」

それにしても意外と言うか、失礼ながらアランはお世辞にも容姿が整っているわけでもないし、人見知りで自信も無さ気な感じである。モデルのような美形で仕事ができるしっかりしたシシリーの夫としてはかなり意外だ。

「ほらアナタ、もっとちゃんと声出して、お客様の目を見て挨拶しなさいよ」

「そ、そんなこと言われてもさあ」

「そんなもこんなもありません。人見知りなのは重々承知してるけど、ここはアナタの旅館なんですから、アナタが挨拶しなくてどうするんですか」

そう言って、引っこもうとするアランの背中をバシバシと叩《たた》くシシリー。

「うう、分かった。分かったよ」

なかなかに尻に敷かれているようだが、なるほど、ある意味お似合いなのかもしれない。

「ええと、その、改めまして……『月影園』の板長とオーナーをさせてもらってます、アラン・エリソンです」

「はい、どうも」

そう言って、握手《あくしゅ》の一つでもしようとリックが手を伸《の》ばす。

「ひい、す、すいません」

凄《すご》い勢いで部屋の端《はし》まで後方に跳《は》ね飛ぶアラン。

「人見知りというか、これはもはや対人恐怖症《きょうふしょう》じゃないか？」

リックは若干《じゃっかん》顔を引きつらせながらそう言った。

「ははは、やっぱり、僕《ぼく》がオーナーなんて無理だったんだ……接客とか掃除《そうじ》とか、そういう苦手なことは全部シシリーがやってくれるって言うから旅館開いたのに、挨拶させるなんて酷《ひど》い詐欺《さぎ》じゃないか……僕は、僕は、得意な料理だけやって他の煩《わずら》わしいことは何一つせずに生きたいだけなのに、なんで上手くいかないんだ……」

なかなかにダメ人間なことを言い出すアラン。

逆にここまで素直《すなお》に言えるのは大物なのかもしれないと思ってしまう。

（……って、ああ。それどころじゃなかった）

今は、食べさせ合いでの雰囲気《ふんいき》づくりが最優先である。

リックは自分の前に置かれている料理の一つをフォークで刺《さ》した。

かなり油っこくて濃《こ》い味付けの煮物《にもの》である。リックのようなしっかりと食べる男としては美味しいが、女性となると重すぎるという人もいるだろうなと思っていたら、どうやら男女で味付けを変えているらしい。

リーネットの皿によそられているものは、汁《しる》の色がリックのよりも薄《うす》かった。

「なあ、リーネットこれ味付けが違うみたいだから、よかったら食べ……あれ？」

気づけばリーネットは、部屋の端でぶつぶつと蹲《うずくま》るアランの前にいた。

「アラン様でしたね」

基本無表情のリーネットに詰《つ》め寄《よ》られ、半ば白目を向くアラン。

「え、あの、いや。殺さないでください」

「煮魚《にざかな》……」

「はい？」

リーネットは手に煮魚の盛られた皿を持っていた。

「この煮魚のすっきりとした感じは、どのように味付けをしているのでしょうか？」

（ああ、なるほど）

どうやらアランの料理が、パーティの料理担当としての琴線《きんせん》に触れたようである。

リーネットは料理に関してはかなり研究熱心で、時々見たこともない料理が出たりもするし、いつもの同じメニューでも微妙《びみょう》に味付けが変わったりする。

そのせいで、事務員時代には適当に毎日同じ店で同じメニューを頼《たの》んでいただけのリックも、ビークハイル城に来てからは少々味にうるさくなったと自分でも感じる。

（まあ、と言ってもあの様子でアランさんが答えられると思わないけど……）

なにせ、リックが軽く握手しようとしただけであのビビリっぷりである。

しかし。

「ああ、それはね。霜降《しもふ》りっていう工程をしっかりやるといいんだ」

アランはハッキリとした口調でそう言った。

「霜降り、ですか？」

「ああ。鍋《なべ》にお湯沸《わ》かして、沸騰《ふっとう》したら水を加えて少し冷ます。温度は八十度がいいね。その中に魚を入れて表面が薄くなったら取り出して冷水に入れるんだ。鱗《うろこ》も取れ易《やす》くなるし、スッキリとした味に仕上がるよ」

「……」

リックは驚いて口をポカンと開けてしまう。

自信に満ちた声で、スラスラと調理法を口にするその様子は先程《さきほど》まではまるで別人のようである。

「ふふ、ああいう時のあの人、かっこいいでしょう？」

シシリーが嬉しそうにそう言った。

確かに、声だけでなく表情も真剣《しんけん》そのものであり、同時に心底楽しそうである。

ああ、なるほどこの人は本当に料理が好きで本気で取り組んでいるんだなとヒシヒシと伝わってきた。

「……なるほど、勉強になります。それから、あの山菜ですが」

「ああ、それはね……」

リーネットは真剣な表情で次々に今出ている料理に対して質問をしていく。

アランはどの質問にもすぐに詳《くわ》しく明快に答えていく。

（……いやまあ、リーネットが楽しそうで何よりだけど）

どうも、食べさせ合いに持ち込める雰囲気ではなくなってしまったなと思うリックだった。

□□□

（あーあ……まだ、一回もいい雰囲気になれてねえなあ……）

食事を終えて部屋に戻ったリックはそんなことを思ってため息をついた。

「……そんなに、次の手に迷いますか？」

「ああ、いや、そういうわけじゃないんだけどな」

向かいに座《すわ》るリーネットに聞かれたリックは、そう答えながら手に持ったコマを盤《ばん》の上に置く。

パチン、という木の乾《かわ》いた音がした。

リックとリーネットが今やっているのは、将棋《しょうぎ》というゲームである。ルールとしてはチェスに似ており、明確な違いは倒《たお》した相手のコマを自分の手持ちに加えて自分のコマとして使えることだろう。

遊技場にあったもので、持ち出し可能だったので持ってきたのである。

リックは元々この手のボードゲームには興味がなかったが、ビークハイル城に来てからはブロストンに付き合ってチェスを打つことがあり、それなりに要点は分かっている方である。

一方、リーネットは元々器用なのかこの手のゲームをほとんどやったことがないにもかかわらず、それなりに理にかなったコマの動かし方をしてくる。

戦況《せんきょう》としては、五分五分と言ったところだろうか。

ゲームそのものはなかなかいい戦いになっているのだが、いかんせんこれではいつもビークハイル城で過ごしている時と同じである。

何か話題を振って話を盛り上げねば。

「……ああ、あれだなリーネット。先輩《せんぱい》たち今頃《いまごろ》何やってるかなあ。特にアリスレートさんなんかは、お前の飯食べられないとダダこねそうだけど」

「あまり、変わらないのではないでしょうか。食事に関しては今日の分はまだ作り置きがありますし」

「あ、そうなんだ」

「はい」

「……そうか」

「はい」

「……」

「……」

パチン、と再びコマを打つ音が響《ひび》く。

（あークソ!!　会話が続かねえ!!!!）

リックは内心頭を抱《かか》えた。

むしろ、普段《ふだん》の集会場での会話以上に話が続かない。

（つか、リーネットも普段以上に会話が淡白《たんぱく》な気がするし。もしかしてあんまり楽しめていないのか？）

そんなことを考えて、チラリとリーネットの顔を見る。

（……ん？）

そして、リックはあることに気づいた。

基本的には普段と変わらず無表情なのだが、少しだけ表情がいつもよりも硬い。あと、ほんの少しだが赤くなっているようにも見える。

「……あっ」

リーネットが小さくそう呟《つぶや》いた。

コマを置こうとした手を滑《すべ》らせて、盤の上に落としたのである。

そのせいで、他のコマがいくつか散ってしまった。

身体操作技術の達人であるリーネットにしては珍《めずら》しいミスである。

「失礼しました」

そう言ってコマを盤に戻すリーネット。

よく見ると、コマを戻すその手が僅《わず》かに震えていた。

「……」

そこでようやく、リックは気づく。

（ああ、そうか……リーネットも緊張《きんちょう》してるのか）

考えてみれば当たり前のことだった。

リーネット自身も男女で泊《と》まりがけの旅行となればそういうことになるのを分かった上で来てるのだろう。だが、ブロストンやミゼットいわくリーネットは男性経験があるわけではない。

つまり、こういう状況も初めてである。

（普段からクールだから分からなかったけど……そりゃまあ、初めてなら普通《ふつう》に緊張するよな。何度か経験のある俺でもこんだけ緊張するんだから）

そう思うと同時にリックは自分を恥《は》じる。

まったく。そんなことにも気づけずに、無駄《むだ》に雰囲気を盛り上げる小細工ばかりに頭を巡《めぐ》らせていたとは情けない。

年上の男として、こういう時こそ堂々と事を先に進めていくことこそが本当にするべきリードと言うものだろう。

「よし、チェックメイト……ああ、このゲームだと王手だっけ？」

リックは強く音を立てて「銀」と書かれたコマをリーネットの王の前に置いた。

「そうですね。これは逃《に》げられないみたいです」

参りました、と頭を下げるリーネット。

「よし。そしたら、もう一度風呂《ふろ》入ろうぜ。今度はせっかくだから部屋の風呂な」

そう言って、リックは立ち上がると、リーネットの返事は聞かずにさっさと自分の着替《きが》えを持って外に出るドアの前に歩いていく。

「先行ってるから、リーネットも準備できたら来いよ」

「……」

リーネットは少し驚いたように黙っていたが。

「……はい」

そう言って頷《うなず》いた。

「おう」

リックはそう言って、ドアを開けて部屋についている露天風呂《ろてんぶろ》に向かうのだった。

□□□

「ああ、いい湯だな」

リックは湯船に浸《つ》かって足を広げるとそう言った。

さすがに大浴場に比べると、塀《へい》で囲われている部屋の露天風呂は眺《なが》めが良くはないが、それでも上を見上げればパラパラと降る粉雪が夜空に舞《ま》う様は風情《ふぜい》がある。

(しかし。不思議な気分だな)

リックは先程まで変に普段と違《ちが》うノリを演出しようとして不安になってワタワタとしていた心が、今は嘘《うそ》のように落ち着いている。

少しすると、ガラガラとドアが開く音がした。

「ああ、リーネット。いい感じだぞ、お前も早く入れよ」

「……はい」

ピタピタという足音と共に、リーネットが入ってくる。

タオルすら巻いていない一糸纏《まと》わぬ姿だった。

シミ一つない褐色《かつしょく》の肌《はだ》、手足が長く健康的だが、同時に起伏《きふく》と柔らかさのある女性的なプロポーションが、露天《ろてん》用の小さなオレンジ色の明かりに照らされている。

改めて見るリーネットの飛び抜けて魅力的《みりょくてき》なスタイルに、リックはドキドキしつつもやはりどこか落ち着いていた。

「なあ、リーネット……」

「はい、なんでしょうかリック様」

「お前、ほんと綺麗《きれい》だよな」

「それは……その、ありがとうございます」

リーネットはいつものキッパリと言い切るような言い方ではなく、少し言葉を詰まらせる感じでそう答えた。

さっきよりも分かりやすく照れていた。

なんと言うか、非常に乙女《おとめ》な反応である。今更《いまさら》ながらに、ものすごく可愛《かわい》く思えた。

「そこで立ってたら寒いだろ？　お湯、いい感じだぞ。お前も入れよ」

リックは自分の隣を指差しながら言う。

「……はい」

リーネットは小さく頷いてそう言った。

「それでは失礼しま……」

しかし。リーネットは言葉を途中《とちゅう》で止めた。

「……ん？」

リックもそれを察知する。

「リック様も気が付きましたか？」

「ああ。これだけ分かりやすく殺気出してればな」


次の瞬間《しゅんかん》。


塀の向こう側から何かがこちらに飛んできた。

リックの動体視力は投げ込まれたものを正確に捉《とら》える。

少し透明度《とうめいど》のある灰色の鉱石である。おそらく魔法《まほう》石、そして透《す》けている中に赤い模様のようなものが入っていることを考えると……。

（起爆《きばく》式の魔法石か!!）

おそらく衝撃を与《あた》えることで爆発《ばくはつ》するタイプのものだろう。

打ち落とせば衝撃で爆発する可能性がある。かと言って、放っておいても床《ゆか》に当たって爆発する。なので……。

「ふん!!」

リックは平手で空中を扇《あお》いだ。

ビュン!!　という音と共に魔法石が空中で急に動きを変え逆方向に飛んでいく。要は風呂上がりにやった羽根突きと同じである。振っているものが板から手のひらに変わっただけで、猛《もう》スピードで空気を押《お》し込んだことで風が発生したのだ。

魔法石はそのまま投げ込まれた方に帰っていき。


ドオオオオオオオオオオオオン!!

と塀の向こうで爆発した。

『ぐあああ‼』

『なんだ⁉　どうなってるんだ⁉』

『し、知るかよ‼　と、とにかくズラかるぞ‼』


「あそこですね」

リーネットは外に生えている木の枝を三本毟《むし》ると、塀の上に飛び乗る。

そして、声のした方角に向けて木の枝を投擲《とうてき》した。

枝は夜の暗闇《くらやみ》の中を綺麗な軌道《きどう》で一直線に飛んでいく。

そして。


『ギヤあああああ‼』

『くおオオオオオ⁉』


闇《やみ》の中から、二人の男の悲鳴が夜の闇に木霊《こだま》した。

「先程聞こえた声は三人。どうやら一人、すぐにその場から動いたものがいるようですね。

直接仕留めに……」

「よっと」

リックはリーネットが言い終わる前に、塀から飛び降りた。

「お前は着替《きが》えて待っててくれよ。他のやつにはお前の裸《はだか》を見せてやりたくねえし」

リックはそう言って、暗闇の中に飛び込んでいく。

「……それに、誰《だれ》だか知らねえけど一言言ってやりたいこともあるしな」

□□□

男は息を切らしながら夜の森を走っていた。

正直何が起きたのかさっぱり分からなかったが、普段から悪い予感だけは当たる男は今回上から与えられた仕事にも、それを感じ取っていた。

冷静に考えれば、旅館に泊《と》まっている客に遠くから起爆魔法《きばくまほう》石を投げつけて怪我《けが》をさせるというだけの簡単な仕事なのだが、とにかく野生の本能のようなものが嫌《いや》な空気を感じ取ったのだ。

そのための、先程なぜか自分たちの投げ込んだ魔法石がこっちに帰ってきたのを見たとき、混乱する他の二人とは対象的に一目散に駆《か》け出したのである。

その判断は正しかった。

男がつい先程いたところに、木の枝が突《つ》き刺さったのである。

すぐにその場から動かなかった二人は飛んできた木の枝に、正確に足を貫《つらぬ》かれてその場に倒れた。

よく見れば、外れたもう一本も先程まで自分の右足があったところに突き刺さっている。

つまり、相手は間違《まちが》いなくこの暗闇の中でピンポイントでこちらの足を狙《ねら》っているのである。

……もはや、生来の勘《かん》に頼《たよ》るまでもない。

理由は分からないが、自分たちは何かやばいものに手を出してしまったのである。

だから、男は必死で逃げた。

足を雪に取られても、腕《うで》が千切れそうになるくらい必死で走った。

……しかし。

「なんでだ、嫌な感じが収まらねえ」

旅館からは遠ざかっているはずなのに、ぞわぞわするような悪寒《おかん》が収まらない。

しかし、当然逃げるしかない。

その時だった。

ヒュン!!

と、男の前を何かが横切った。

突如《とつじょ》飛来したそれは、凄《すさ》まじい勢いで木に激突《げきとつ》するとベキベキと木が根元からへし折れた。

「ひぃ」

恐怖《きょうふ》のあまり尻《しり》もちをつく。

一体何が飛んできたのか知らないが、今のが当たっていたらただでは済まないことだけはバカでも分かる。

「……逃がさないぞ。お前には聞きたいことがあるしな」

その声とともに、森の闇から一人の裸の男が現れた。

その姿を見て、男は震《ふる》える声で言う。

「ば、化け物……」

そう言った理由は三つあった。

一つは男の直感がかつてないほどの危険信号を出していること。これに比べたら前に道《みち》端《ばた》でジャイアントトロールに出くわした時など、欠伸《あくび》が出るレベルである。

二つ目はその体つき。筋肉の発達が異常である。男は仕事柄《しごとがら》筋骨隆々《りゅうりゅう》な男たちと仕事をすることが多いのだが、彼《かれ》らと比べても一体どうやったらそんな筋肉の付き方をするんだというような異常な発達の仕方をしている。ゴリラのように大きいというわけではないが、付き方や引《ひ》き締《し》まり方がおかしいのである。

そして三つ目は裸の化け物が手に持っているものである。

「……ゆ、雪玉？」

そう、雪合戦に使うアレである。

つまり、正直信じがたいことだが、先程目の前を横切ったアレは、ただ雪を握《にぎ》り固めただけのものだったということであり、この化け物は雪玉を投げただけで大木をへし折れるということなのである。

「その格好……修道服か？　ずいぶん罰当《ばちあ》たりな格好してやがるな」

怪物《かいぶつ》はこちらの着ているものを見てそう言った。

「まあ、それはいいや。そんなことは、うん、どうでもいいんだ」

そうして、一度優《やさ》しい笑《え》みを浮《う》かべた。

……もしかして、自分は助かったたか？

と思ったのもつかの間。

「……あと、少し、あと少しだったんだ……」

怪物は泣いていた。

「クソ……せっかく、いい雰囲気だったのに……」

もしかして、今のうちに逃げられるのでは？

とこっそり、その場を離《はな》れようとしたが。

バキイ!!

という轟音《ごうおん》と共に、男の隣にあった木が再び雪玉にへし折られた。


「……!?」

「……ドコヘイク」


怪物が凄まじい形相でこちらを見ていた。

ゴオ!!　と殺気を放たれる。

「お、お、お」

「……コンナオレデモ、ヒトヲブチノメシタクナルトキハ、アルンダゾ？」

「おあああ

あああああああああああああああああああああああああああああああああああああああ
ああ!!!!」

男の悲鳴が夜の森に木霊した。

□□□

というわけで、リックとリーネットは襲撃者《しゅうげきしゃ》たちをとっちめて、オーナーのアランとシシリーの前に突き出した。

「……なるほど、この人たちが急に爆弾《ばくだん》を投げ込んできたというわけですか」

アランは縄《なわ》で縛《しば》られて床に転がる修道服の三人を見てそう言った。

「ところで……なんで一人だけ、こんなにボロボロなんですか?」

三人のうち一人だけは、まさにボッコボコと言った感じで白目を向いて気絶していた。

「さ、さあ、なんでですかね?」

リックは明後日の方向を向いて誤魔化《ごまか》す。

「リック様、リーネット様」

シシリーは深々と頭を下げる。

「……誠《まこと》に申し訳ありません。お客様を危険な目に遭わせてしまって」

悪いのは間違いなくこの襲撃者なのだろうが、旅館側としては自分たちの責任だと謝罪せざるを得ないところだろう。客商売とはそういうものである。

「いえ、私たちは無事でしたし頭を上げてください」

リーネットはそう言って、シシリーの肩《かた》に手を当てた。

「そうそう、それよりも教会の奴《やつ》らにこんなことされる心当たりがあったりするのか？」

リックは襲撃者たちの着ている修道服を見ながらそう言った。

彼らが着ているのは『大陸正教会』の修道士の修道服である。『大陸正教会』は二体の神を主神とする二神教で、二大大国である『王国』と『帝国《ていこく》』を中心に様々な国が国教と定める、まさに最大の宗教である。

いくら気合の入ったチンピラでも、ここまで露骨《ろこつ》に冒涜《ぼうとく》的な真似《まね》をして大陸最大宗派に喧嘩《けんか》を売るようなことはするまい。

となると、この襲撃者たちは教会所属の修道士ということになるわけだが……。

「いえ、お客様にお話するようなことでは……」

シシリーは端整《たんせい》な顔を歪《ゆが》めて言《い》い淀《よど》む。

その様子では、何か深刻なことがあると宣言しているようなものである。

なんと言って聞き出そうかとリックが考えていると。

「いや、シシリー。ここは、リックさんたちに話してみよう」

そう言ったのはアランだった。

その声や表情は初対面での気弱そうなものではなく、料理について語っている時のような真剣でハッキリとしたものであった。

「でもお客様に……」

「シシリーは真面目《まじめ》すぎるんだよ。なんでも自分で解決しようとしちゃうのは君らしいしいいとこだと思うけどさ。僕らの力じゃ無理無理。この人たち強そうだしいい人そうだから頼っちゃおうよ」

「……アナタ」

「……あのー、そういうわけで。ちょっと、相談にのってもらえますかね？　あんまり大金は用意できないんですけど……この通り、男手の僕が全然弱っちくてなんにもできませんもんで。いやはやお恥ずかしい」

そう言って深々と頭を下げるアラン。

先程シシリーに向けたものとは真逆の気の弱そうな表情で、なんとも情けないことを言っている。

「ははは」

リックは少し笑った。

（ここまで、堂々と「僕には無理なんで助けてください」と言われると逆に清々《すがすが》しいな）

うん。やっぱりアランとシシリーはいい相性《あいしょう》の夫婦《ふうふ》だと思う。

「もちろん、協力させてもらいますよ。俺《おれ》としてはあと三日、温泉楽しむつもりですからね」

何より、まだリーネットとアレをやれてないし。という言葉は一度飲み込んでおいた。

□□□

「一口に『大陸正教会』と言っても、ここまで大きくなると本来の理念から外れたものが必ず出てきます」

シシリーはアランの持ってきた緑茶を一口飲んでからそう言った。

「通常、大陸正教会の各教会の主な仕事は信者からのお布施《ふせ》や国からの補助金を使って国だけでは行き届かないような公共の事業をしたりするのですが、この辺りを管轄《かんかつ》する『ブルク地区第二正教会』は一年前にヴァンという神父に変わってから、他《ほか》の仕事に精を出すようになりました」

「他の仕事ですか？」

リックの問いにシシリーは一つ頷いて答える。

「地上げや金貸しです」

「それなら、他の教会もやっているのでは？」

今度はリーネットが質問した。

確かにリーネットの言うとおり、お布施や国からの補助金でお金を集めやすい教会は担当地域の産業に金を投資したりもしている。土地の売買などもしており、国が仲裁《ちゅうさい》に入るようなことになる前に立《た》ち退《の》きの説得に行ったりもするのだ。

しかし、シシリーは首を横に振《ふ》った。

「いいえ。ヴァンたちのやり方はお二人がイメージしているようなものではないかと思います。ヴァンはゴロツキたちを修道士として雇《やと》って、強引《ごういん》に貸付や地上げを行っているのです。最初は管轄地域内で何かあった時に助けるという言い分で、みかじめ料のようなものを徴収《ちょうしゅう》するところからでしたが、それが段々とエスカレートしていって、もちろん要求に従わないところは嫌がらせを受けます。夜中大声で家の前で叫《さけ》ばれたり、店の悪い噂《うわさ》を広められたり、今回のように爆発物《ばくはつぶつ》を投げ込まれたのは……さすがに初めてですが」

なるほど。

と、リックは頷いた。

なんとも荒《あら》っぽいやり方である。他の教会も同じことをしているのは確かだが、あくまで管轄内《かんかつない》の人々との共存共栄が前提であり、本当に荒事《あらごと》になるようなら法律と騎士団《きしだん》の力を借りる。

大陸正教会の一番のブランドは、皆《みな》で平和に生活を良くしていきましょうという姿勢を何世紀も崩《くず》していないことであり、その辺りは総本山の方から徹底《てってい》するように教えられるはずなのである。

「騎士団たちは、どうしてるんですか？」

「この地域の騎士団の団長は、とても信心深い人なんです。先代は確かに穏《おだ》やかでお手本のような神父様でしたから。その時の信用もあって。私を含《ふく》め何人か事態を報告しに行ったのですが信じてもらえませんでした。それに噂では、最近凄腕《すごうで》の用心棒を雇ったらしく彼らのやり方もより乱暴になっていって……騎士団に報告したとバレたらどんなことをされるかと、皆恐《みなおそ》れて半ば諦《あきら》めてしまっています」

「そうか、それは大変でしたね……」

リックはそう言った。

「いえ……私たちのところは、まだ経営には余裕《よゆう》がありましたから。ただ、二ヶ月《かげつ》前ここの土地の立ち退きを要求してきたんです。ここはアランと始めた大事な旅館です。もちろん断りましたが、それから嫌がらせが始まって……」

「今日、いよいよ爆弾投げ込んで客を怪我させるなんて真似を仕出したわけか……」

「……はい」

シシリーは悔《くや》しそうに唇《くちびる》を噛《か》む。

「あ、あのー、よければこれをどうぞ」

そう言って、厨房《ちゆうぼう》からアランが大根の漬物《つけもの》を持ってきた。

「ああ、これはどうも……うん。美味《おい》しいですね」

やはりアランの料理の腕は超一流《ちよういちりゆう》なのだろう。こういうちょっとしたものでも、これが食べられなくなるのはもったいないなと思えるような味である。

「アランさんは、どう思ってるんですか？」

「え？　僕《ぼく》ですか。いやあ、えーと、これ言うといつもシシリーに怒《おこ》られちゃうんですけど」

アランはシシリーの方を見てから恐《おそ》る恐る言う。

「……正直、辞《や》めちゃってもいいとは思ってますよ。今の基本は料理だけやってればいい状況《じょうきょう》はありがたいですけど……ええと、その」

そして、再びシシリーの方を見て言う。

「僕はシシリーが危ない目に遭うのは、料理以外の仕事するより嫌ですから」

「……そうですか」

リックは立ち上がった。

「さて行くか、リーネット」

「はい」

「行くって、どこにですか？」

アランの言葉にリックは答える。

「教会です。彼らを返すついでに、まずは嫌がらせをやめてくれるように交渉《こうしょう》してみますよ」

□□□

リックは部屋の隅《すみ》で縛られて転がっている、チンピラ修道士たちを指差してそう言った。

「お、ここだな」

「はい、屋根の上に黄色い十字架《じゅうじか》、聞いていた通りですね」

雪の中リックたちは『ブルク地区第二教会』にやってきた。

非常に古いレンガ造りの建物である。しかし、それは古臭《ふるくさ》い感じではなく、壁《かべ》の傷一つとっても歴史を感じさせるような落ち着いた雰囲気《ふんいき》を醸《かも》し出《だ》していた。

しかし、入り口の前にはそんな歴史ある雰囲気にどう見てもそぐわない連中がたむろしている。

いや、着ているのは修道服なのだが。

「へへへ、さっきのみかじめの支払《しはら》いしぶりやがった花屋の店主の顔傑作《けっさく》だったな」

「ああ、娘《むすめ》の体を売るかって脅《おど》したらようやく払《はら》いやがってよ。どうせ払うんだからいらねえ手間かけさせせんじゃねえよ」

「あの娘、おっぱいデカかったし売ってくれても良かったけどな、へへへへ」

と、聖職者にあるまじき会話を展開している。

面構《つらがま》えも厳《いか》ついし武器を持っているところを見ると明らかに本職は盗賊《とうぞく》とかそっちの方

だろう。

リックとしては長年受付をしていた時分に、この手の荒くれ者《もの》たちにめんどくさいクレームを入れられた経験が多く、それなりに力をつけた今でも若干《じゃっかん》ながら気後《きおく》れするところがある。

が、隣《となり》を歩くリーネットにとっては恐れるような相手ではないようで。

「失礼します。ヴァン神父にお会いしたいのですが」

まったく躊躇《ちゅうちょ》なく、そう言って声をかけた。

「ああん？　なんだてめえら」

厳つい修道士の一人が、ガンを飛ばしてきた。

「こっちは用はねえんだよ、帰れ帰れ!!」

そう言ってシッシッと手を振ってくる。

……大陸正教会では今の時間は教会を開けて、信者の相談事などを受け付ける決まりになってるはずなのだが。話に聞いたとおりやりたい放題やっているらしい。

「緊急《きんきゅう》の用事ですので、そういうわけにはいきません。ヴァン神父への取次をよろしくお願いします」

「あんだよ、てめえ……」

と言ったところで、修道士はリーネットの姿を改めてまじまじと見る。

「んだよ、お前かわいいじゃん。アレかな？　俺らと遊びたくなっちゃたのか……あだだだだだだだだ」

リーネットが胸に伸《の》びてきた修道士の手を指一本で絡《から》め捕《と》り、関節を極《き》めた。

リックもこれは食《く》らったことがあるが、なぜか指一本しか使っていないのに外せないという魔法じみた関節技《かんせつわざ》である。

「てめえ!!」

「なにしやがんだコラ!!」

怒声《どせい》と共にそれぞれ武器を手に取る修道士たち。

（いかんいかん、あくまでまずは交渉だ）

このまま行くと大変なことになりかねない（修道士たちが）。

「まあまあ、一旦《いったん》落ち着きましょう」

「あんだ、おっさん!!」

「俺たちは落とし物を返しに来たんですよ。ほら」

リックはそう言って、担《かつ》いでいた気絶している襲撃者たちを見せた。

修道士たちは目を見開く。

「て、てめえ……何もんだ？」

「通りすがりの観光客です。とりあえず、話がしたいので中に入れてもらえませんか？」

□□□

「俺様に用があるってのはてめえかあ？」

修道士に案内されて、入った部屋にいたのは図体《ずうたい》のデカイ男だった。

カソックを着ているところを見るとアレがヴァン神父だろう。

豪奢《ごうしゃ》なソファーに深々と腰《こし》掛《か》けイライラと貧乏《びんぼう》ゆすりをしていた。無精髭《ぶしょうひげ》を生やし、穏やかさの欠片《かけら》もない言葉遣《ことばづか》いである。

しかも背後にこれまた厳つい男連中を従えており、どう見ても盗賊の頭という風体《ふうてい》だった。

ヴァンはリックとリーネットをギロリと睨《にら》みつける。

やっぱり、こういう見るからに怖《こわ》そうな相手は慣れないなと思いつつ、リックは言う。

「ああ。落とし物を届けに来た」

リックは担いでいた男たちを目の前の床に放《ほう》り投《な》げる。

それを見て、ヴァンとその取り巻きたちが眉《まゆ》をひそめた。

「ちっ、しくりやがったか……まあ、いい。話を聞こうじゃねえか。座《すわ》りな」

ヴァンはそう言うと、リックとリーネットを向かいのソファーに座らせる。

一応応接の形式上、部下の修道士がお茶などを出して来たが背後にいる厳つい男たちがガンガンに殺気を放っているので、穏やかさは微塵《みじん》もない。

「それで、俺に用事ってのはなんだ？」

「ああ、落とし物を届けたついでにちょっと頼《たの》みがあってな」

しかし、どう言うかな？

できればあまり、ことを荒らげたくないのが正直なところである。

まあでも、素直《すなお》に伝えるしかないか。

「この地区の人間から金を巻き上げるためにやっている迷惑行為《めいわくこうい》を今すぐやめてもらいたい」

「ほう？」

「とぼけなくていいぞ。さっき、そこの三人が旅館に爆発物を投げ込んできたのはこの目で見てるからな。お前の命令だろ？」

「なんのことかな？」

口ではとぼけているが、露骨に眉をひそめて不快そうな顔をするヴァン。

こんな分かりやすいワルを見破れない人間が管轄の騎士団のトップというのだから、この男が台頭してくるまではよほど平和で治安のいい地区だったのだろう。

「そうか、それなら仕方ない。誰のか分からない落とし物は管轄の騎士団か領主に届けるのが常識だからな。俺は騎士団のお偉《えら》いさんに知り合いもいるし、アイツに一体コイツらが誰のものなのかを調べてもらうとするけど、それでもいいのか？」

嘘《うそ》はついていなかった。

ヘンリーたちはまだ学生だが、ペディック教官辺りなら話せば協力してくれる可能性がないわけではないだろう。伝統派の教官だったということは実家も騎士団の上層部に繋《つな》がりがあるはずだし、こっちの地区に手を回してもらうことも無理ではないはずだ。

「なるほどな……」

リックの言葉を聞いて、ヴァンは目を閉じて一度頷《うなず》く。

そして、目を開けて顔を上げるとそこには獰猛《どうもう》な笑《え》みが浮かんでいた。

「……お前ら痛い目を見に来たらしいな？」

ヴァンのその言葉に呼応して、取り巻きたちが次々に武器を取り出す。

（ああ、やっぱりこうなるか）

頭を抱《かか》えるリック。

一瞬《いっしゅん》にして一触即発《いっしょくそくはつ》の状態になったが。

「落ち着いてください」

その時、殺気立つ空間にリーネットの静かな声が響《ひび》いた。

「武器をおろしてください。私たちは話し合いをしに来ました」

（お、ありがたいな。こういう時にリーネットの落ち着いた声は、場も落ち着かせられる）

「ここで貴方《あなた》たちを切り刻むことは簡単ですが、こちらとしても無闇《むやみ》にアナタ方を傷つけたくはありません」

相手を落ち着かせるどころか逆に煽《あお》り散らかしていた。

ドン!!　とヴァンがテーブルを叩《たた》く。

「ぶち犯《おか》されてえのか小娘《こむすめ》？」

ヴァンの取り巻きたちの殺気が破裂《はれつ》寸前に膨《ふく》れ上《あ》がった。

まさに一触即発。

しかし、リーネットは静かに出された紅茶をすすると、殻《から》になったカップを茶請《ちゃう》けの前にカチャリと置いた。

それを指で軽く弾《はじ》く。

次の瞬間《しゅんかん》。


パキン、と乾《かわ》いた音を立ててカップが綺《き》麗《れい》に真っ二つに割れた。


「……」

「……」

「……」

目を見開いて沈黙《ちんもく》するヴァンとその取り巻きたち。

「私たちは話し合いをしに来ました」

リーネットの静かな瞳《ひとみ》が真《ま》っ直《す》ぐにヴァンたちを見据《みす》えた。

「じょ、上等だあああああああああああああ‼」

「いや、引けよ⁉」

リックの言葉も虚《むな》しく、リーネットVSヴァンとその取り巻きたちの戦いの火蓋《ひぶた》が切られたのだった。

□□□

「ずびばぜんでじた……」

1分ほどで勝負はついた。というかまともに勝負にすらならなかった。

顔面がボッコボコに腫《は》れ上がったヴァンが、リーネットに土下座をしていた。

取り巻きの部下たちは、全員もれなく頭から壁に突っ込み戦闘《せんとう》不能、しばらくは病院のベッドの上で過ごすことになるだろう。

「では、この地区の皆様《みなさま》への嫌がらせはもうしませんね」

「は、はいぃ。もちろんです‼」

いやまあ、やろうとしてもたった今、部下は皆怪我《みなけが》したし、やる部下が足りないのかもしれないが。

もしかしたら今ここにいない人もいるのかもしれないけれども。

「まあ、これでひとまず一件落着かな」

□□□

リックたちが去った後。

壁からなんとか抜《ぬ》け出し、怪我も比較的軽《ひかくてき》かった修道士がヴァンに訪ねた。

「お頭《かしら》、良かったんですかい？」

ヴァンはギロリとその取り巻きを睨んで言う。

「お頭じゃねえ、神父様と呼べと行ったろうが‼」

「す、すいやせん……」

「ったく、いつまでも賊《ぞく》気分が捨てられねえ奴らばっかだな。いいか、俺様たちは今聖職者なんだぜ？」

「へ、へへ、そうでしたね」

そう言ってニヤリと下品な笑みを浮かべるヴァン神父と取り巻きたち。

このやり取りから分かるとおり、ヴァンは元々盗賊である。


ヴァンが教会に関《かか》わり始めたのは四年前。

当時、盗賊の下《した》っ端《ぱ》として働いていたヴァンは敵対組織との抗争《こうそう》中に負傷し、雪の中を彷徨《さまよ》うことになる。

空腹と出血で意識が遠のきかけていた。

そこに通りかかったのが、ブルク地区第二教会であった。

明かりがついているのを確認《かくにん》したヴァンは、剣《けん》を構えて乱暴に扉《とびら》を開けた。

「おい!! 食い物だ!! それと怪我の治療《ちりよう》を」

「おやおや、旅の人。大変そうですね。そんな剣などで脅さなくても大丈夫《だいじょうぶ》ですよ」

そう言って穏やかな声で出迎《でむか》えたのは、先代の神父であるレオンだった。

そのしわがれた老人は明らかに盗賊な風体をしたヴァンにも、まるで善良な市民を扱《あつか》うかのように手厚く治療し食事を振る舞《ま》った。

ヴァンはわけが分からずに尋《たず》ねる。

「……なんで、こんな俺に優《やさ》しくするんだ?」

「アナタがどんな人であろうと、誰《だれ》かの助けが必要であるなら助けますよ。平穏《へいおん》の神、アリーアは人々は優しさを与《あた》え合うことで幸福になれると言っています」

「……」

スラムで生まれ、ろくな教育も受けずに育ってきたヴァンにとって、それは初めて触《ふ》れる善意というものだった。

その時、ヴァンは思ったのだ。

ああ、これは……使えるな、と。

そして、ヴァンは神父に懇願《こんがん》しその日から教会で働くことになった。

案の定、神父や教会に寄せられる信頼《しんらい》は素晴《すば》らしいものがあった。

地区の住人たち、それどころか領主や管轄の騎士団の団長までレオン神父のことを信頼していた。

信仰《しんこう》と信頼、それらは間違《まちが》いなくヴァンが今まで知らなかった『力』である。

おそらく彼らは、自分に直接酷《ひど》い被害《ひがい》が及《およ》ばなければレオン神父がどんな悪事をやっていると聞いても「敬虔《けいけん》なあの神父様がそんなことするわけないじゃないか」と一笑《いっしょう》に付すだろう。

もちろんレオン神父は微塵もそんなことをするような人間ではないが、やろうとすれば自分の評価は一切汚《いっさいけが》さずに、人一人を追《お》い詰《つ》めて殺すこともできるはずだ。

自分のような人間がやれば、道で老人に肩がぶつかって転ばせただけでも騎士団に通報されかねないというのに。

ああ、なんと便利なんだ。

善行とは悪行の負債《ふさい》を帳消しにする道具だ。

そう理解したヴァンは、レオン神父のもとで心を入《い》れ替《か》えたかのように働き、神学について熱心に勉強した。

特に神父本人や騎士団や領主といったお偉いさんの前では、迫真《はくしん》の善人感を演じてみせた。

そうして、レオン神父や地区の主要人物からの信頼を勝ち取ることに成功したヴァンは、予想通り高齢《こうれい》だったレオン神父が他界したのを期に、第二教会を預かる正式な後継者《こうけいしゃ》として任命されたのである。

そこからはもう、事前に準備していた通りだった。

教会で働く傍《かたわ》ら密《ひそ》かに集めていた荒くれ者たちに修道士の身分を与え、彼《かれ》らを使って金が取れそうで権力層へ声が届かなそうな者たちから金を巻き上げ始めたのである。

だから、ヴァンは部下たちに言うのである。

「ようやく、こうして安全に悪さできる環境《かんきょう》が整ったんだ。いいか？　俺たちは敬虔で善良な聖職者様なんだ。そいつを忘れるなよ」

世の善意や信仰に真っ向から泥《どろ》を投げつけるようなことを、堂々と言ってのけるヴァン神父。

それを聞いて取り巻きたちは、相変わらずアンタはとんでもねえ人だと下品に笑う。

「しかし、じゃあ、さっきのオッサンたちとした約束は？」

「ああん？　んなもん、破るに決まってんだろ」

「へへへ、そうこなくっちゃ」

「今更《いまさら》、あくせく労働なんかしてたまるかよバーカ」

ヴァンはそう言い放った。

そう、せっかく四年もかけてまともに働かなくても、金が入ってくるようにしたのだ。

こんな美味しい状態を捨てるつもりなど毛頭ない。

「へへへ、さすが神父様ですぜ……しかし、あのメイドはどうするんですかい？」

「……そうだな」

取り巻きの言葉にヴァン神父はテーブルの上で真っ二つになったカップを見た。

何をどうやったか知らないが、まるで、超一流の剣士《けんし》が剣を振り下《お》ろしたかのように綺麗な切断面である。

なんであんな化け物を平和そうな顔をしたただのオッサンが連れていたのか分からないが、とにかく契約《けいやく》を無視する以上なんとかしなくてはならない。

「……お困りのようですね」

するといつの間にか、部屋の隅に一人の男が立っていた。

メガネをかけた細身で長身の男である。瞳の奥《おく》には理知的な光があり、茶色のコートを羽織り灰色の長髪《ちょうはつ》をたなびかせるその姿は、只者《ただもの》ではない雰囲気を漂《ただよ》わせている。

「おお、おられたんですか先生」

ヴァンはその姿を見て安心したようにそう言った。

そうとも、自分たちには今この方がついている。

「まさか世界最大の犯罪組織『ブラックカース』のトップである、アナタが我々に協力してくれるとは思いませんでしたよ。あの小娘の処分、お任せできますか？」

「ええ、しっかりと報酬《ほうしゅう》さえいただければね……」

「それはもちろん!!」

多少値は張るが、この男の力を借りられるなら安いものだ。何より、あの旅館を潰《つぶ》して土地を買い上げ、教会の名義で国の施設《しせつ》を誘致《ゆうち》すれば余裕で元が取れる。

「ふふふ。では任せてください。この『龍使い《ドラゴンロード》』にね」

□□□

「……？」

「どうした、リーネット？」

旅館に戻《もど》る途中《とちゅう》で、リーネットは突然振《とつぜんふ》り返《かえ》って谷の方に歩き出した。

「あそこ……歩いているの、ユキト様では？」

「……え？」

意外な名前が出てくる。

ユキト……つまり、先程《さきほど》羽根つきをしたアイリと一緒《いっしょ》にいた大人しい男の子である。

リックも谷の下を見下ろす。

（……ん？　どこにいるんだ？）

リックは目を凝《こ》らすがユキトの姿は見えない。白い髪《かみ》の少年だから雪のせいで見えにくいのかもしれないが……。

「今、洞窟《どうくつ》の中に入っていきました。この天気です、心配なので様子を見てきます」

「ああそうか、俺も行くぞ」

リックとリーネットは谷に飛び降りていく。

（しかし、なんでこんなところに？）

旅館からそれほど遠くない距離《きょり》だが、少し山道を登らなくてはここまで来られないため、ちょっと散歩してたらというようなノリで迷い込める場所ではないはずなのだが……。

リックとリーネットは、５ｍ近い距離を飛び降りたにもかかわらず平然と着地をすると、ユキトが入っていった洞窟の中に入っていく。

入り口はなかなか大きく、大型のモンスターでも入ることができるようなサイズだった。

「これは……あんまり、よくねえかもしれないな」

「そうですね」

入り口の大きな洞窟は、大型モンスターの巣になっていることが多い。

この辺りは魔力《まりよく》が薄《うす》いからそこまで強力なモンスターがいるわけでもないのだが、それでも大型モンスターは体がデカイというそれだけで一般人には驚異《きょうい》だ。ユキトがそれに出くわしてしまったら……まあ、どうなるかは考えるまでもないだろう。

リックは羽根つきをしたアイリの顔を思い出す。

生意気そうな顔をした少女だ。

ユキトとは特別仲が良さそうだった。幼馴染《おさななじみ》というやつだろうか？

あの生意気で元気そうな顔が曇《くも》ると考えると、あまりいい気はしないなとリックは思った。

無事でいてくれよ、と思いながらリックとリーネットは奥に進んでいく。

しかし……。

「……おかしいな、さすがに追いついてもいいはずなんだが」

それなりに進んだが、一向にユキトに出くわさなかった。

「分かれ道はなかったよな？」

「はい、綺麗な一本道でした……リック様、あれを」

リーネットが先を指差す。

洞窟の広場の入り口である。そこに密度の濃《こ》い魔力《まりょく》を感じた。

「結界魔法《まほう》？」

「はい。それも物理攻撃《こうげき》だけでなく魔力もまったく通さないタイプの上級神性魔法です。それなりの使い手でなければ張れるものではありません」

「そうか。とりあえず中に入ってみないとな」

リックはそう言って、結界魔法に右手を伸ばすと。

「よっこいしょ」

メキメキメキィ!!

と、まるでドアノブでも回すかのように、上級魔法を素手《すで》でねじり壊《こわ》した。

「よし、行こう」

「そうですね」

リーネットも何も変わったことは起きていないと言わんばかりに、平然とそう言って中に入っていく。

この場に、まともな魔導士《まどう》などがいたらものすごい剣幕《けんまく》で何がどうなっているんだとツッコミを入れていたところだろうが、残念ながらそういう貴重な人材はこの場にはいなかった。

(それにしても、ここに来るまでユキトくんに出会わなかったぞ?)

さすがにユキトにあの結界をすり抜けることができるとは思えないので、やはりリーネットの見間違《みまちが》いだったということだろうか。

そして二人は広間に入る。

「……なんだここは」

リックは思わずそう呟《つぶや》いてしまった。

そこには、広大な空間が広がっていた。

天井《てんじょう》の高さだけでも30mはあるだろう。

明らかに人為的《じんいてき》に作られた空間である。その証拠《しょうこ》に、入り口に照明用の魔法石が置いてある。

そして……。

「……ああああああああああああああああああああああああああああ!?」

突如《とつじょ》。

リーネットが張《は》り裂《さ》けるような叫《さけ》び声《ごえ》を上げた。

「おい、どうしたリーネッ」

リックがそう言い終わる前に、全身の力が一気に抜けバタンと床《ゆか》に倒《たお》れこむリーネット。

(いったいなにが？)

と思ったが、すぐにリックもそれに気づく。

肌《はだ》にビリビリと感じる野生的な魔力。そして、リーネットが倒れたということ。

その二つがあれば、もう答えは明白だった。

魔力を感じる方に目を凝らすと、広間の奥の方から視線を感じた。

暗闇《くらやみ》の中で浮《う》かび上がるいくつもの鋭《するど》く大きな眼光。

リックは手に持っていた、照明用の魔法石をそちらに投げる。

眼光の持ち主たちの姿が照らされる。

そこにいたのは。


『ギルルルルルル』


鋭い爪《つめ》、トカゲのような皮膚《ひふ》、巨大《きょだい》な体と巨大な翼《つばさ》、そして本能的に他《ほか》の種族の恐怖《きょうふ》を駆《か》り立《た》てる禍々《まがまが》しい頭部。

そう、モンスター最強種、ドラゴンがそこにいた。

それも一体や二体ではない。

様々な種類のドラゴンがなんと五体、鎖《くさり》に繋がれていたのである。

「さっきの結界はコイツらを隠《かく》すためだったのか!!」

それならワザワザ魔力の通過も抑《おさ》えるものを使っていた理由も分かるというものだ。これだけの数のドラゴンを一箇所《かしょ》に集めるとなれば、それなりに魔力を感知できる人間が洞窟の前を通りかかれば一発で違和感《いわかん》を覚える。

リックがその魔力を抑えていた結界を壊してしまい、ドラゴンたちの魔力が漏《も》れ出したということだろう。

しかし、一体なぜ？　誰が？

「って、今はそれを考えてる場合じゃねえ!!」

リックはすぐさま、倒れたリーネットの体を担《かつ》ぎ上げる。

完全に気を失っており、脈拍《みゃくはく》も微弱《びじゃく》である。

詳《くわ》しい話は聞いていないが、リーネットは過去のトラウマが原因でドラゴンの魔力を浴びると、体内の魔力のコントロールができなくなるのである。

普通《ふつう》の人間なら多少気分が悪くなる程度だが、リーネットほどの魔力の持ち主となるとそうはいかない。

出会った頃《ころ》に一体のドラゴンを前にしただけでも、完全に身動きができなくなっていたのだ。この数のドラゴンの魔力を一斉《いっせい》に受けたとなればその被害は想像もつかない。

「とにかく、この場を離《はな》れねえと」

気になることは山ほどあるが、今は後回しだ。

リックは蹴《け》った地面が抉《えぐ》れるほどの猛《もう》スピードで、広場を飛び出し洞窟の外に出ていっ

た。

□□□

「……ふう、とりあえず一安心だな」

リックは汗《あせ》を拭《ぬぐ》いながらそう言った。

場所は『月影園《つきかげ》』の一室。目の前には布団《ふとん》の上で横になり、静かに寝息《ねいき》を立てるリーネットがいる。

「そうですか、それは良かったです」

そう言って、シシリーが部屋に入ってきた。

「お疲《つか》れでしょう？　お茶をどうぞ」

「ああ、どうも」

リックは渡《わた》された緑茶をすする。温かさと、適度な苦味が口の中に広がり気分が落ち着いていくのを感じる。

「あ、これも美味《おい》しいですね。いつもは、お茶ってあんまり違《ちが》いが分からないんですけど」

「これはアランが目利《めき》きして入れたものですから。普段《ふだん》はお客様にお出しするものではないんですが、今回は特別です。それより、リーネットさんは？」

「一先《ひとま》ず、魔力の乱れは最低限は直した。魔力回路関連の専門の医者に見てもらう必要はあるだろうけどな」

リーネットが倒れた後、旅館に戻ったリックはシシリーに頼んですぐにリーネットを布団の上に寝《ね》かせ、安静にさせると、魔力操作技術を用いてリーネットの魔力の乱れを直した。

膨大《ぼうだい》なリーネットの魔力を、自分の少ない魔力量でコントロールするのはかなり骨が折れたが、魔力操作技術と魔力の質は徹底的《てっていてき》に磨《みが》いてきた部分である。それに、間近でブロストンの治療を見てきたのもあり、やり方は心得ていた。

苦戦はしたが一時間に及ぶ苦闘《くとう》の末、なんとか魔力の乱れを抑えることができたのである。

「あとは、意識が戻るのを待つだけって感じだな……」

「そうですか。お医者様の方には心当たりがあるので、すぐに、来ていただけるように手配しますね」

「ああ。それは、ありがとうございます。この部屋も使わせていただいて」

しかし、シシリーは首を横に振《ふ》って言う。

「何を言ってるんですか。リックさんはヴァンたちと話をつけてきてくれたのですから。このくらいのことは恩返しのうちにも入りませんよ」

「まあ、と言っても油断は禁物ですけどね」

リックはヴァンたちの顔を思い出しながらそう言った。

リックたちの提示した条件はかなりいいもので、まともな頭があれば約束を反故《ほご》にするようなことはないと思うが、世の中にはまともな考えのできない人間というのも当然いるのだ。

（まあ、アイツらリーネットにビビってたから大丈夫かな）

いちおう、念を入れて騎士団《きしだん》の方にも手を回しておこうか。

などと考えていた、その時。


「……ぅん」


小さく呟く声とともに、リーネットが起き上がった。

「おはよう。リーネット。体調はどうだ？」

リックはリーネットの前に屈《かが》み込んでそう聞いたが……。

リーネットは。

「……えっと」

周囲をキョロキョロと見回し、最後にリックの顔をじっと見る。

「どうした？」

「アナタは誰ですか？」

「……はい？」

□□□

翌朝。

「ふむふむ」

シシリーに呼んでもらった医者がリーネットの魔力の状態を読み取りながら言う。

「……魔力の乱れによる一時的な記憶《きおく》の混濁《こんだく》ですな」

白髪《しらが》で恰幅《かっぷく》のいい医者は低い声でそう言った。

「それって、大丈夫なんですか？」

「リーネットさんはエルフ族とのハーフでしょう？　魔力と体の関係が密接なエルフ族では大きく魔力が乱れた時に稀《まれ》にですがこういうことがあるのです。魔力回路のズレを治癒《ちゆ》させる治療薬《ちりようやく》を飲めば治りますよ」

「ふう、それならよかった」

「希少な薬草を使う薬ですから、少々値は張りますがどうしますか？」

「もちろんお願いします」

Sランク冒険者《ぼうけんしや》を有する『オリハルコン・フィスト』に入ってくる仕事は難易度も桁違《けたちが》いだが、報酬もまた桁違いである。高価な薬の一つや二つは買ってもまったく問題ない。

「では明日、持ってきますね」

そう言って、医者はひとまず今日はこれを飲んでくださいと魔力回復効果のあるポーションを置いて、雪道を帰っていった。

（ふう。一時はどうなるかと思ったけど、一安心だな）

「さて、問題は……」

「あのー」

ツンツンと、リックの背中を指がつついてくる。

「リックさん、ですよね？」

「ああ」

振り向《む》くとそこには。

「心配してもらってるところ悪いんですけど、わたし今日は体調もいいんで、起き上がってもいいですかね？　ダメですか？」

そう言って可愛《かわい》らしく小首を傾《かし》げるリーネット。

……いや、なんだよその普通の女の子っぽい動きと喋《しゃべ》り方《かた》は。

そう。記憶を失ったリーネットは、性格が大分普段とは変わっていた。

「やった!!　じゃあ、温泉入ってきていいですか!?　ここ旅館なんですよね」

パアァ、と目をキラキラさせて花が咲《さ》いたような笑《え》顔《がお》になる。

「お、おう」

顔を引きつらせながら、なんとかそう答えるリック。

普段との温度差に付いていくのに必死である。いや、これはこれで可愛いと思うのだが。

□□□

リーネットを風呂《ふろ》に案内したリックは、そのまま出口の前に置いてある椅子《いす》に座って出てくるのを待っていた。

現在、リーネットは入浴中である。

「あーあ、今頃一緒《いまごろいっしょ》に風呂入って、アレヤコレヤできてたはずなんだけどなあ」

まったくどうしてこうなるのか、とため息の一つも出るところだが、リックにはまだやることがあった。

リックはペンと紙を取り出すと、手紙を書き出す。

送り先はミーア嬢《じょう》である。

先程、ヴァンたちを叩きのめして戦力を半壊《はんかい》させたリックだが、これで懲《こ》りずにまた戦力を集めて悪さをしないとも限らない。

よって、ヴァンたちに長期的に悪さをできないようにする必要があった。

辺境侯爵《こうしゃく》であるミーア嬢は騎士団にリックたちをねじ込めるほどのパイプを持っている。

この地区の実情を報告して手を回して貰《もら》えば、いくら管轄《かんかつ》の騎士団が呑気《のんき》だと言っても動かざるを得ないだろう。

この方法は効果は絶大でまさに根本的に解決する手段なのだが、少々時間のかかる方法である。爆弾《ばくだん》まで投げ込むほどエスカレートしたヴァンたちがその間にもっと強硬《きょうこう》な手段に出かねないために、ひとまず叩いておいたというわけである。

（まあ、よっぽど無謀《むぼう》じゃないかぎり、俺《おれ》たちがいる間に襲《おそ》ってくることはないとは思うけど……）

あの手の輩《やから》は、こちらの想像の数倍は向こう見ずで迷惑《めいわく》だったりするものだ。っと、事務員時代に出禁を食《く》らうまで、重箱の隅《すみ》を突《つつ》くようなクレームを入れ続けた客を思い出すリックだった。

「よし、じゃあ、ミーア嬢のところまでよろしくなソテー」

リックはそういうと、バッグの中から飛び出してきたコウモリ型の使い魔に手紙を縛《しば》り付《つ》ける。何かあったときのために、ということでアリスレートから預かっていたものだ。

まさか役に立つとは思わなかったが、備えあれば憂《うれ》いなしというところだろう。

ソテーは手紙を受け取ると、勢いよくミーア嬢のところに向けて飛び出していった。

「……ふう」

リックは深くため息をついた。

記憶喪失《きおくそうしつ》の治療の目処《めど》も立ち、ミーア嬢への手回しも終え、ようやく本当に一息つけたというところである。

「しかし、記憶喪失のリーネット、だいぶ性格違ったよなあ」

かなり、感情豊かで明るい。

本当にドコにでもいる普通の町娘《まちむすめ》のような天真爛漫《てんしんらんまん》さである。

リーネットは昔から今までの人物に関する記憶が、ごっそりと抜けている状態である。

だから、知識はあるが人との思い出が思い出せないという状態である。

「元々、小さい頃はああいう性格だったのかもな。まあ、あんなことがあったのなら、性格変わってもしょうがないんだろうけど」

リックは一年前のことを思い出す。


訓練が終わった後の何気ない会話の中でのことだった。

水袋《ぶくろ》とタオルを持ってきてくれたリーネットにリックはなんとはなしに聞いた。

『そう言えば、リーネットはいつからビークハイル城にいるんだ？』

『四年前ですね』

『へえ、それまでは何やってたの？』

『……』

『ああ悪い、聞いちゃダメだったか？』

リーネットは首を横に振る。

『いいえ。隠していることでもありませんし、あまり面白《おもしろ》い話ではありませんが、聞きますか？』

頷《うなず》くリックにリーネットはいつもの調子で語り始めた。

『私は――』


その時聞いた話は、自分のように三十年も普通に生きてきた人間とはあまりにもかけ離れたものであった。

（……まあ、考えてみりゃ。あの年であそこまで化け物みたいに強い女の子が、普通な生き方してるわけはなかったんだけどな）

そんなことを考えていたと。


「うーん、気持ちよかったー」

ホクホク顔で満足そうに風呂から出てくるリーネット。

「あ、リックさん。待っててくれたんですか？」

リーネットがリックの姿を見つけて、目の前まで駆け寄《よ》ってくる。

「そりゃまあ、一時的とは言え記憶なくしてるわけだしな、心配はするよ」

「へー、そうですか。優しいですね!!　さすがわたしの彼氏《かれし》さんらしい人」

「いや、彼氏ってわけでもなかったんだけど」

「でも、一緒に暮らしてたしリックさんは毎日私の作ったご飯食べてたんでしょう？　しかも、こんなところに二人きりで泊《と》まりに来てますし」

「そうだなあ」

改めてそう言われると、完全にそういう関係である。

「あー、あれ!!」

リーネットは遊技場の方を指差して言う。

そこには、昨日と同じ二人組、アイリとユキトが羽根つきをやっていた。

「あら、きのうのふたりじゃない」

相変わらず偉《えら》そうに仁王《におう》立ちしてアイリがそう言った。

しかし、今のリーネットはそんなことは気にもせずに、ズンズンとアイリの前に行くと。

「ねえねえ、私たちにもそれ、やらせてよ!!」

もの凄《すご》く明るい声でそう言った。

「え、あ、はい。ど、どうぞ」

さすがのアイリもリーネットのテンションの変化についていけずに、思わず敬語になってしまったようである。

アイリは訝《いぶか》しげな顔をしながらリックに尋ねる。

「……ねえ、あんたのよめ、なんか今日おかしくない？」

「まあ、ちょっとな」

リックとしても苦笑《くしよう》して誤魔化《ごまか》すしかなかった。

「あ、ユキトくん羽子板貸してもらっていい？」

「は、はい」

相変わらず気の弱そうなユキトが、リックに板を渡してくる。

「……なあ、ユキトくん。昨日外歩いてたか？」

「え？　どうしたんですか急に？」

よく分からないという顔をするユキト。

（やっぱり、リーネットの見間違えか？　珍《めずら》しいこともあるもんだ）

さて、それはさておき。

「じゃあ、いきますよー」

リーネットは板を構えて、左手に羽根を持って言う。

「よし、来い」

リックも板を構える。

「せーの、えい!!」

ブン!!

と、リーネットの振った板が見事に空を切った。

「……ねえ、ほんとにどうしたのよあのオッパイ」

アイリがリックにそう言った。

「あちゃー、ごめんごめん、もう一回!!」

どうやら、リーネットは体の動かし方も忘れているようだった。

(まあ、リーネットの動きは体力そのものよりも、魔力操作や身体操作を上手《うま》く使ったものだしな)

羽根を拾ったリーネットが再び板を構える。

「よし、今度こそ行きますよ!!　えい!!」

今度はしっかりと当たった。

羽根はやや軌道《きどう》がそれながらリックの方に飛んでくる。

(ふむ。しかし、このまま打ち返すわけにはいかないな)

昨日、最低限のコントロールは身につけたリックだったが、残念ながら力加減はまだ苦手である。今のリーネットが捌《さば》けるとは思わないし、逆に力を抜《ぬ》いてラリーを続けられるほどの器用さもない。

（となれば……）

「アイリちゃん、これ持ってて」

「え？　ちょ、板なしでどうすんのよ!!」

両手の空いたリックは、羽根の落下地点に素早《すばや》く回り込むと右足で優しく打ち返した。

そう。道具を介《かい》さなければ、リックはいくらでも力の調整は可能だし小さな羽根を足で優しく蹴り返すことだって容易である。それくらいの身体操作はお手のものだ。

逆に言えば道具を介した途端《とたん》、凄《すさ》まじくコントロールが効かなくなるほど道具を扱《あつか》うセンスが絶望的ということなのであるが。

「わあ、リックさんすごーい!!」

リーネットが本当に感心したように、言いながら打ち返す。

「あ」

今度は、かなりリックのいる位置からそれてしまった。

しかし。

「よっと」

リックは素早く落下地点に回り込み、また足でリーネットの方に蹴り返す。

先ほどと寸分違わぬ位置に、ふわりと飛んでくる羽根を見てリーネットが言う。

「ホントにすごいですね!!」

「おう。この通りいくらでも拾ってやるから、思いっきり打ってきな」

「よーし!!　えい!!」

その後も、リーネットが思いっきり打ち込んだ羽根を、リックが曲芸じみた足技《あしわざ》で拾うということを繰《く》り返した。

そのうちリーネットも慣れてきたのか、これは拾えるかな？　と微妙《びみょう》に取りにくい位置に羽根を打ったりしたがリックは全《すべ》て拾ってみせる。

「あはははは、凄いですよリックさん。手品みたいです!!」

そう言ってリーネットは笑った。

天真爛漫に。

幸せそうに。今が楽しくて仕方ないというように。

「……」

リックはその顔を見て、ふとあることを考えた。

（もしかしたら……リーネットにとっては）

その時、ポトリと地面に羽根が落ちた。

リーネットがリックの返した羽根を打たなかったのである。

「お、どうした、疲れたのか？」

「いや、そういうわけじゃないんですけど……」

リーネットはリックを見て言う。

「リックさん、なにか悩《なや》み事《ごと》でもあるんですか？　ちょっと一瞬《いっしゅん》暗い顔をしたような気がして」

「あー、いや」

リックはバツが悪くなって頭をかく。

「なんでもないよ。それより、飯まで時間あるしもう一回やるか？」

リックがそう言うと、リーネットは嬉《うれ》しそうに。

「はい!!　お願いします!!」

そう言って、板を構えるのだった。

その後も、リックは記憶を失《な》くしたリーネットと初日を再現するかのように、アランの出す料理に感動したり部屋に帰って将棋《しょうぎ》を打ったりして一日過ごした。

ただ、一つ違ったのは記憶を失ったリーネットは、ずっと幸せそうに笑っていたことだった。

そんなリーネットを見ていると、リックはやはりこう思わざるをえなかった。

（……リーネットは、もしかしたら記憶が戻らない方が幸せなんじゃないか？）

と。

戦闘《せんとう》能力は失われるが、それも一からリックやブロストンが教えればいい話だし、自分の過去に関することもリックやブロストンは知っているので、こちらから聞いた話として覚えておけばいい。

少なくとも記憶を戻す薬で、話に聞いたあの辛《つら》い記憶を経験ごと思い出すよりはいいんじゃないかと。そんなことを思ってしまうのだ。

□□□

そして、翌日の昼すぎ。

リック、リーネット、シシリー、そしてやってきた町医者の四人が昨日リーネットが診《しん》察《さつ》を受けた部屋に集まっていた。

町医者はバッグの中から、ガラスの容器を取り出す。

「これが最高級魔力調整薬、レインボーポーションになります」

「す、凄い色してますけど、これ、ホントに大丈夫《だいじょうぶ》なんですか？」

リーネットが心配そうに言った。ガラスの中にはドロドロとした七色の液体が入っていた。一見するとヤバめの毒にしか見えない
「ん？　あー、見た目はアレだけど大丈夫だよ」

ビークハイル城の地下にあるブロストンの治療室《ちりょうしつ》にも同じものが置いてあり、魔力操作の訓練の時にリックも飲まされたことがある。見た目はアレだが、ちょっと甘《あま》くてフルーティで美味しかったので、マズイよりは全然いいのだが、なんだか騙《だま》された気分になったのを覚えている。

「そうですか、リックさんが言うなら大丈夫ですね」

リーネットはそう言って、レインボーポーションを医者から受け取る。

「記憶障害を起こしているリーネットさんは、飲んで少しすると意識を失ってその間に忘れていた記憶を思い出すでしょう。布団に入ってからお飲みくだされ」

「どうぞリーネットさん」

「はいはい」

リーネットはそう言って、シシリーが敷《し》いた布団にヒョイッと潜《もぐ》り込む。

「じゃあ、いただきますね」


「待ってくれ。リーネット」


リーネットが薬の瓶《びん》の栓《せん》を開けようとした時、リックはその手を掴《つか》んだ。

「……どうしたんですか？　リックさん」

驚《おどろ》いて目を丸くするリーネット。

「ちょっと、薬を飲む前に聞いてほしいことがある。いいか？」

「え、はい。いいですけど」

困惑《こんわく》しつつも頷くリーネット。

それを見てリックはリーネットの手を放す。

「それで、聞いてほしいことってどんなことですか？　あ、もしかしてプロポーズとかですか？　えー、急に言われてもちょっと困っちゃいますね」

「お前は普段、そういう性格じゃない」

リックの言葉に、リーネットは真剣《しんけん》な表情になる。

「記憶を失う前のお前は、控《ひか》えめで無表情で感情の表現があんまり上手くなくて、いつも冷静で、そして、心の奥《おく》で重い何かを背負っているような……そういうやつだ。そんな中でも優《やさ》しいところが俺は好きだがな。まあ、それは一旦《いったん》置いといて」

「置いておかずに詳しく聞きたいところですね」

「今は茶化《ちゃか》さんでくれ……でまあ、俺はお前から聞いてその『背負ってるもの』がどんなものかを知っている。それはな、一人の明るい少女の性格が変わってしまうような悲惨《ひさん》で辛い過去だ。その薬を飲めば、お前はそれを思い出すことになる」

「……」

「きっと、すごく辛い経験を追体験することになるんだ。だから俺は、無理に思い出す必要はないと思ってる。もちろんそれはリーネットが決めることだけど、一応言っておきたくてな……」

「……そうですか」

リーネットはリックの顔をじっと見つめると。

ポン、とポーションの栓を抜いて、一息で飲み干した。

「リーネット!?」

「あ、美味しいですねこれ。なんだか騙された気分です」

「……よかったのか？」

「もちろんです!!」

そう問いかけるリックに、リーネットは笑顔でそう言った。

「リックさん。こう見えても私不安だったんですよ。起きたら記憶がなくて、なにか色々と大事なことが頭から抜け落《お》ちてる感じがして」

リーネットの右手がリックの手に触《ふ》れる。

「でも、リックさんがいてくれたので平気でした。なんでかは知らないですけど、リックさんといると落ち着くんです」

「……リーネット」

ニコリと笑うリーネット。

「だから、私はこう思います。私が辛い過去と一緒《いっしょ》に忘れたリックさんとの思い出は、きっと凄く素敵《すてき》で温かいものだったんじゃないかって。私はそれを思い出したいです」

「……そうか。ありがとうな」

「あと、話を聞く限り今の私より、その控えめで優しい私の方が好きなんですよね。ちぇ、仕方ないから戻《もど》ってあげますとも。まったく失礼な話です」

ぷっくりと頬《ほお》を膨《ふく》らませるリーネット。

「あ、いや。別にそういうわけじゃ。どっちもリーネットだし」

「……そうですか、ありがとうござい……ま、す」

薬の効果が出てきたのだろう。

リーネットの瞼《まぶた》が下りて、そのまま布団に倒れ込む。

「リックさん……このまま、手、握《にぎ》っていて、もらって……いいですか？」

「ああ」

そして、少しすると静かな寝息を立て始めた。

第五話　リーネットの過去

「ははは、リーネット。どうだ、毛刈《が》りした羊たちは身軽そうだろ!!　一週間がかりになったがスッキリしたぞ」

父親のエリオットはダークエルフの国の王族。

「ほんと、毎年これが一番大変だわあ」

母親のラフィーはエルフの国の上級貴族。

というのがお手伝いのアンネから聞いた両親の出自だったが、正直なところ幼少のリーネットにはよく分かっていなかった。

「うん。羊さんたち、みんな細くなってスッキリしたね!!」

物心ついた時には、エルフの国からもダークエルフの国からも遠い遠い『帝国《ていこく》』の田舎《いなか》に住んでいた。リーネットにとっては毎日汗を流して牧場を経営し、時々魔《ま》法《ほう》を使ったなんでも屋をやっているのがお父さんとお母さんだった。

父親はリーネットに小さい声で耳打ちする。

（……お母ちゃんも、最近また腹の肉がついてきたから、羊たちみたいにスッキリ細くなってくれるといいんだけどな）

「……聞こえてますよ、あ、な、た」

「あ、いやはい。すいません冗談《じょうだん》です」

「ふん……私は逆に、羊たちみたいに年々髪《かみ》の毛《け》の生《は》え際《ぎわ》がさっぱりしてくるのをやめてほしいわ」

「は、生え際後退しとらんわ‼　え、してないよね？　ね、リーネット？」

「……うーん」

「なに言いづらそうにしてんの⁉　まじ、俺そんなに危ない感じ⁉」

今日もそんな他愛《たあい》もないやり取りが田舎の空に響《ひび》く。

両親がこの生活に落ち着くまでに本当に色々あったらしいが、リーネットは詳しく知らない。いわゆる「カケオチ」とかいうものをしたのだろう。エルフ族とダークエルフ族は国同士の仲が最悪である。許されざる恋《こい》というやつだ。

本来なら貴族として生活するはずだったリーネットだが、まったくそれを惜《お》しいとは思わなかった。

ここでの暮らしは大好きだった。

お父さんはいつも元気だし。

お母さんはいつも嬉しそうに笑ってるし。

使用人のアンネさんは「お父様とお母様には内緒《ないしょ》ですよ、お嬢様《じょうさま》」と言って、お菓子《かし》をくれるし。

若い人たちは皆《みな》都会の方に出てしまって、同年代の遊び相手はほとんどいないけど、村のおじいちゃんおばあちゃんたちはすごく優しい。

本当に幸せで。本当に優しい日々だった。

だが、その幸せは一夜にして消し飛ぶことになる。


それはリーネットが八歳《さい》の時。

その日、リーネットはこっそり家の地下にある父親の魔法研究部屋に潜り込んで、研究用のスライムたちに餌《えさ》をやって遊んでいた。

容器の中に餌を入れると、ゆるゆると動きながら餌に覆《おお》いかぶさっていくところが可愛らしくてリーネットは好きだったのだ。

そうして、時間を忘れてスライムの動きを眺《なが》めている時だった。

突然《とつぜん》。それはやってきた。

ドゴオオオオオオオオオオオオオオオオオオオオオオオオ!!!!

という凄まじい爆音《ばくおん》とともに、衝撃《しょうげき》と熱波が襲いかかって来たのである。

■■■

最初、リーネットは何が起こったか分からなかった。

ただ、ぐちゃぐちゃになった。前後も左右も分からず色んな所に全身を打ち付けて、肺の空気が絞《しぼ》り出《だ》された。

それでも幸運だったのは、崩《くず》れてきた瓦礫《がれき》の下敷《したじ》きにならなかったことだろう。たまたま崩れ方がよく、リーネットは隙間《すきま》に身を収めることができた。

「……うう」

なんとか体を起こして、立ち上がる。

全身が痛い。頭をぶつけた時に切ったのか目に血が入って来る。

「……お父さん、お母さん、アンネ」

痛くて、心細くて、誰《だれ》かに会って安心したくて、リーネットは歩き出す。

幸い外に上る階段は多少壊《こわ》れてはいるが無事だった。

でも、なぜだろう？

家の地下室の階段を上がっているのに、外からの風が吹《ふ》き込んで来ているのは？

その答えは、外に出た瞬間《しゅんかん》に分かった。


「……なに、これ」


家が僅《わず》かな外壁《がいへき》の跡《あと》を残して消し飛んでいた。

いや、そんなレベルではない。

村そのものが完全に消し飛んでいた。

あるのは燃え盛る残骸《ざんがい》の山のみだった。つい先程《さきほど》まで多くの人や生き物が住んでいた田舎町《いなかまち》は、半径数キロメートルにわたって焦土《しょうど》と化したのである。

一体何が起きればこんなことになるのだろうか？

雷《かみなり》が直撃《ちょくげき》したってこんなことにはならない。両親の影響《えいきょう》で魔法についてはそれなりに詳《くわ》しいはずだが、こんな一瞬で全てを消し飛ばしてしまう魔法なんて聞いたこともない。

「おとうさん‼　おかあさん‼　アンネ‼　どこ、ドコにいるの⁉」

リーネットは泣きながら両親と使用人の名前を呼ぶ。

燃え盛る木々や建物の明かりを頼《たよ》りに、周囲を見回すと。

すぐにそれは見つかった。

それは、すでに三つの赤黒い塊《かたまり》になってしまっていたが、なんとなくリーネットにはそれが自分の家族であることが分かってしまった。

「あ、あ……」

頭では理解しても心が拒絶《きょぜつ》する。

その時、赤黒い塊の一つが動いた。

「あ、熱い……」

僅かに残った金色の髪。母親だと判断できるのはそれだけだ。皮膚《ひふ》は焼けただれ、肉は崩れ、優しい声はかすれてアンデッドのうめき声のようだった。

「……助け」

そこまで言ったところで、赤黒い塊は力尽《ちからつ》きて地面に崩れ落ちた。

その衝撃でビシャリと肉が崩れ、地面に体のパーツが散らばる。

リーネットの目の前にコロコロとあるものが転がってきた。

それは眼球だった。見慣れているはずの母の瞳《ひとみ》が、血管や神経ごとそのまま目の前にあるのだ。

リーネットは思わず、その瞳と目を合わせてしまった。

むき出しの眼球が母親が最後に残した言葉と同じことを訴《うった》えかけてくる。

『苦しい、助けて』

と。

「うっ……」

ビシャビシャとリーネットはその場で嘔吐《おうと》した。

全身が痙攣《けいれん》する。

なんで？

どうして、こんなことに？

その時。頭上から声が聞こえてきた。

「うん。『古龍咆哮《デイマイオス・デストロイヤー》』の威力《いりょく》は、昨年より20パーセントほどの上昇《じょうしょう》といったところだな」

見上げると、そこには黒いマントに身を包んだ白髪《しらが》の男がいた。

まるで世の中を楽しみながら睥睨《へいげい》するかのような目つき。この地獄《じごく》の焦土にありながら、まるでいつもの公園で散歩をしているかのような平然とした声。

何より目を引くのは、その右腕《みぎうで》だった。

手首から先がドラゴンの頭なのである。禍々《まがまが》しい白い龍《りゅう》が僅かに開いた口から、煙《けむり》を吐《は》き出している。

ひと目で、リーネットの本能が理解した。

この男だ。

この男が一瞬にしてリーネットの住む村を焼《や》き払《はら》ったのだと。

男はゆっくりと地上に降りると、父と母とアンネの死体に歩み寄って言う。

「ふむ。打ち込んだ周辺では皆跡形《みなあとかた》もなく蒸発したのに、この焼け方を見ると距離《きょり》が離《はな》れるごとにかなり威力が減退するみたいだな」

男は無残極《きわ》まりない焼死体《しょうしたい》を前に、冷静にそんなことを分析《ぶんせき》する。

「……ん？　生き残りか。一体なぜ？」

男はリーネットの存在に気づいたらしく、こちらの方に振《ふ》り返《かえ》る。

「ああ、地下にいたのかな。なるほど、下に潜り込んでいると生存率は著《いちじる》しく高くなるか。これはいい発見だなやっぱり、実際にやってみる以上の研究はないなあ」

一人でなにかを発見し、楽しそうにする男を見てリーネットはこう言わざるをえなかった。

「……なんで」

「ん？　なんだいお嬢ちゃん？」

男はまるで日常会話のような調子で返事をする。ついさっき、自分の家族を吹き飛《と》ばしたというのに。

「なんで、こんなことをしたの……？」

なぜ、皆死ななければならなかったというのか。あまりの理《り》不《ふ》尽《じん》にそれで戻ってくることはないと知りつつも、聞かざるをえなかった。

だが。

「なんでって、試《ため》し打《う》ちだけど？」

男はさも当然のようにそう言った。

「試し……打ち……？」

「うん。年に一回くらいは自分の武器の性能は測定し直さないとな」

「……それだけ？　それだけのために……こんなに沢山《たくさん》の人を？　お父さんやお母さんやアンネさんを……？」

しかし、男はキョトンとした顔で言う。

「大量殺戮攻撃《さつりくこうげき》なんだから、大量の人に向けて打ってみるだろ。当たり前では？」

「ふざけないでよ!!」

我慢《がまん》の限界だった。

「そんな、簡単に、村の人は誰も!!　何も悪いことをしていないのに……!!」

「ふーん。お前はたぶん勘違《かんちが》いしてるな」

男は涙《なみだ》を流しながら叫《さけ》ぶリーネットを掴み上《あ》げる。

「うぐっ」

胸《むな》ぐらを掴まれうめき声が口から漏《も》れる。

「世界のルールはな。『善悪』じゃなくて『強弱』なんだよ」

ゴオ、っと男の全身から凄まじい量の魔力《まりょく》が殺気と共に放たれる。

「……あ、がっ」

あまりに桁外《けたはず》れの圧力に。リーネットの感覚器官が耐えきれず全身が痙攣し意識が遠のく。

「ん？　ああ、これは珍しい素体だな。上級ダークエルフと上級エルフのハーフとはね。普通《ふつう》交配しないもんな仲悪いから。よし、面白そうだからお前にプレゼントをやろう」

男はそう言うと、ドラゴンの頭の右腕をリーネットに向ける。すると、ベキベキという生々しい音を立てて、右腕の形が変化していく。

さっきの白いドラゴンよりも、二回りほど小さい赤い龍の頭がそこに現れた。

そして、その龍の頭がリーネットの右の脇腹《わきばら》に噛《か》み付《つ》く。

「……うっ」

激痛と熱が噛まれたところから入り込んでいく。噛まれただけではここまでにはならないはずの、凄まじい痛みだった。

先程まででほとんど消えかけていた意識がさらに遠のく。

「コレで……よしと」

用事はすんだとばかりに男はリーネットを乱雑に地面に放《ほう》り捨てる。

「俺《おれ》が憎《にく》いだろ？　だが残念だ。俺は強くて、お前は弱い。だから強者である俺の都合で一方的に蹂躙《じゅうりん》されるし、それをどうすることもできない」

家族の敵を前にし、何もできず無力にも地面に横たわる少女に男はその呪《のろ》いの言葉を伝える。

「だから、憎ければ強くなればいい。強くなってお前の都合で俺を殺しにくればいい」

どこか優しく、聞き取りやすい、まるで神父が子供に神の教えを伝えるかのように。

「俺は犯罪組織『ブラックカース』、アビスナンバー1、龍使い《ドラゴンロード》。お前が完成するのを楽しみに待ってるぞ」

リーネットが最後に見たのは、楽しそうな龍使いの顔。

まるで、取り出す時を想像しながらワインを樽《たる》の中に入れるかのような、期待に胸を膨らませたその顔を最後に、リーネットはそこで意識を失った。

■■■

リーネットが次に目覚めたのは、檻《おり》の中だった。

全身の痛み。特に龍使いの腕《うで》に噛まれた右の脇腹がジクジクと痛む。

両足は鎖《くさり》で繋《つな》がれていた。

周囲を見回すと、自分以外にも檻の中に入れられている子供たちが沢山いる。

「ほう……コイツは上玉だ」

成金くさい服を着た髭面《ひげづら》の男がこちらを見下ろしていた。

「お気《き》に召《め》していただいてありがとうございますアダム様。実はこの前あった謎《なぞ》の爆発《ばくはつ》の現場で拾った商品でして」

隣《となり》でもみ手しながら、いやらしい声で自分のことを紹介《しょうかい》するターバンをつけた男。

もしかしたら、これは話に聞く奴隷《どれい》商人というやつなのかもしれない。

「ははは。なんだ火事場泥棒《どろぼう》か。確かにウチのようなところにしか売れないブツではあるな。よし、買おう」

そうしてリーネットは檻ごとアダムの馬車に乗せられた。

「……これから、どこに行くの？」

「ん？　起きたのか。お前の命は俺が買わせてもらった。俺のビジネスに使わせてもらうだけだ」

アダムの言っていることはよく分からなかったが、正直なところリーネットはこの状《じょう》況《きょう》をどうにかしようという気は全く起こらなかった。

「……おとうさん、おかあさん、アンネ」

ただ、大切な人たちにもう会えないのだという事実に、何かをする気力も考える気力も起きなかった。

馬車はやがて、かなり大きく立派な屋敷《やしき》の中に入っていく。おそらく貴族の邸宅《ていたく》だろう。

リーネットは檻の中から出されると、アダムの召使《めしつか》いたちに体を洗われ高そうな衣服に着替《きが》えさせられた。

そうして、身なりの整ったリーネットを見て、アダムは満足そうに頷《うなず》く。

「ほう、思った以上だな。これならオーディエンスたちも喜んでくれるだろう」

すると、今度は体格のいい男の使用人たちに連れられて、地下への階段を下りていく。

そのあと、長い廊下《ろうか》をしばらく歩き続けると。一つの大きな扉《とびら》の前に来た。

アダムが尋ねてくる。

「そういえば、お前、名前は?」

「……」

答えようとしなかったリーネットだったが。

「つっ」

首筋がズキリと痛む。どうやら主人に従わないと自動的に痛みを与《あた》える呪いか何かがかかっているようだ。

「……リーネット」

「そうか。いい名前だ。では、今夜のフィナーレを飾《かざ》るショーだ。是非素晴《ぜひすば》らしいダンスを見せてくれ」

そう言って、アダムが扉を開け放つ。

『さあ、さあ、さあ!! 今夜もいよいよラストマッチ。裏闘技場《とうぎじょう》支配人のアダム伯爵《はくしゃく》がお贈りする、スペシャルなショーの始まりだあ!!』

聞こえたのは、音声拡張魔法によるアナウンス。

そして、マスクをつけた観客たちのヒステリーじみた声。

中央に置かれた金網《かなあみ》付きのステージと、その周りをぐるりと囲む観客席。

いわゆる闘技場というやつだろう。もちろん幼いリーネットにも雰囲気《ふんいき》だけで、ヘラクトピアで行われているような健全なものではないということは分かる。

「さあ、入れ」

使用人たちは、リーネットを中央に置かれた大きな檻の中に放り込んで。鍵《かぎ》を閉めた。

アダムが言う。

「まあ、せいぜい頑張《がんば》るんだぞお嬢《じょう》ちゃん。もし生き残れたら正式にウチのファイターとして雇《やと》ってやる。奴隷よりはマシな飯が食えるぜ」

「……」

どういうことだろう、とリーネットは後ろを振り返る。

――グルルルルルルルルルル。

そこには、巨大《きょだい》な銀色の毛の狼《おおかみ》がいた。

シルバーバック。それも普通の三倍近いサイズがある異常個体だった。

食事をしばらく抜いていたのか、目を血走らせ口からヨダレを垂れ流している。

『さあ、頑張れ奴隷のお嬢ちゃん!!　お相手のシルバーバックくんは、もう戦闘態勢だぞお!!』

実況《じっきょう》が茶化すようにそう言って、会場から笑いが漏れる。

一応勝負という形式を取っているらしいが、こんなものがまともに勝負になるわけがない。

要はこれは容姿の整った無力な少女が、獣《けもの》に無残に蹂躙されるところを見るという残虐《ざんぎゃく》なショーなのだ。わざわざリーネットを着飾《きかざ》らせた辺り、アダムは演出を心得ている。

そして……一方的な蹂躙は始まった。

シルバーバックは巨体《きょたい》に似合わぬ俊敏《しゅんびん》な動きで、リーネットに飛びかかる。

「……くっ」

とっさになんとか躱《かわ》したリーネット。田舎の広い土地を走り回っていたため体力にはそれなりに自信はあった。

しかし、まあ、それだけだ。所詮《しょせん》は八歳の少女。

飛びかかってくるシルバーバックを三回も躱せたのは思わぬ成果であり、観客たちを大いに盛り上げることになったが、結局四度目に飛びかかってきた時に足を滑《すべ》らせてしまい、あえなく巨体にのしかかられることになった。

絶望的な状況である。

しかし、リーネットは泣きわめくようなことはしなかった。

（……ああ、これで皆のところに行けるのかな）

考えていたのはそんなところだ。後は、右の脇腹がズキズキと痛むとかそれくらいだろう。

大口を開けたシルバーバックの牙《きば》が、首筋めがけて迫《せま》ってくる。

細い自分の首など、頸動脈《けいどうみゃく》どころか一撃《いちげき》で頸椎《けいつい》ごと噛み切《き》られるだろう。

その時。

大口を開けたシルバーバックの顔が、あの男の右腕のドラゴンの姿と重なった。

「……あ、あ」

途端《とたん》に意識がリアルに戻ってくる。

体が痛い。逃《に》げようとしても押《お》さえつけられて動けない。ビチャビチャ降り注いでくる唾液《だえき》が不愉快《ふゆかい》だ。

怖《こわ》い。

嫌《いや》だ、死にたくない。

母親たちの最後の姿が頭に浮《う》かぶ。

死ぬとはああいうことだ、殺されるとはああいうことなのだ。

「いやああ!!」

力の限り叫んで、逃げようとする。

しかし、動かない。この体重と体格の差である。当たり前だ。

観客たちは、見た目は申し分ないが、生贄《いけにえ》としては少し反応がおとなしすぎると不満に思っていたため、リーネットの抵抗《ていこう》を拍手《はくしゅ》と共に歓迎《かんげい》した。いいぞ、いいぞ、もっと足掻《あが》いて楽しませてくれ、と。下品な欲望を込めた声援《せいえん》が送られてくる。

だが、もう勝負は決まっている。

迫りくる巨大な牙。

死ぬ。

（嫌だ、死にたくない。なんで、なんで私たちがこんな目に）

何も悪いことなどしていないのに。ただ日々を大切な人たちと平和に暮らしていたいと、それだけだったのに。

その瞬間。

『世界のルールはな。『善悪』じゃなくて『強弱』なんだよ』

あの男の言葉が脳裏《のうり》に響いた。

『俺が憎いだろ？　だが残念だ。俺は強くて、お前は弱い。だから強者である俺の都合で一方的に蹂躙されるし、それをどうすることもできない』

なんだ、それは。

ふざけるな。勝手な都合すぎるじゃないか。
なら私たちはどうしろと言うんだ。ただ、黙《だま》って蹂躙されろというのか?
『だから、憎ければ強くなればいい。強くなってお前の都合で俺を殺しにくればいい』
……ああ、なるほどそうか。
なるほど、単純なことだったのだ。
この世のルールは、善悪でなく強弱だと言うなら。
ただ、強くなればいい。強くなってやりたいようにやればいいのだ。
その時、声が聞こえた。

——チカラ、ノゾムカ?

ああ、寄越《よこ》せ。

——ナラバ、ココロヲササゲヨ。

ああ、持っていけ。なんでもいくらでも持っていくがいい。

脇腹の痛みが熱い熱に変わる。服の破れたところから龍の形の刻印が浮き出した。

全身を力と魔力、そして殺意が駆《か》け巡《めぐ》る。


「……お前が、私の都合で死ね」


リーネットは先程までとは比べ物にならないほどの力で跳《は》ね起《お》きた。

さすがのシルバーバックもあまりの動きの変化に、押さえ込み切れなかった。

再度、獲物《えもの》を捕らえようと飛びかかる構えを取るが。

「さようなら」

リーネットはそう言って踵《かかと》を返してしまう。

次の瞬間。

シルバーバックの巨体が真っ二つになり、血と内蔵を盛大に床《ゆか》にぶちまけながら倒《たお》れた。

静まり返る会場。

先程までうるさかった実況も観客も誰一人《だれひとり》として言葉を発さなかった。

「……開けて。勝ったら出られる決まりでしょう」

リーネットは檻を叩《たた》いてそう言った。

「それとも、こっちで勝手に出ましょうか?」

使用人たちはアダムの方を見る。

「構わん。どうせ『隷属の呪い』で俺を傷つけることはできないようになっているからな」

使用人たちが鍵を開けると。

リーネットは彼《かれ》らには何も言わずに、アダムの前に歩いてく。

その目は先程までの、あどけなさの残る少女のものではなかった。

抜《ぬ》き放たれた刀剣《とうけん》のように鋭《するど》く、底のない沼《ぬま》のように黒い憎しみが静かに瞳の奥で渦巻《うずま》いていた。

「み、見事な戦いだったな」

自分が攻撃《こうげき》されることはないと分かっていながらも、アダムは震《ふる》える声でそう言った。

「約束、守ってもらうわ」

「や、約束?」

「生きて帰ったらここのファイターとして雇うって話、どうせ逆らえないようになってるんでしょう?　だから、雇われてあげる。その代わり私には強い相手を当てて」

「……そ、それは構わんが」

アダムとしては、見目麗《うるわ》しいファイターが思いもよらず手に入るというのだ。むしろこんな有《あ》り難《がた》い話はない。

「なぜ、急にそんなやる気になったんだ？」

「……強くなるため。強くなってある男に復讐《ふくしゅう》するために」

■■■

そして、その日から。

裏闘技場の美しき殺戮《さつりく》者、『断裁剣姫《だんさいけんき》』の無敗伝説が始まった。

リーネットは闘技場の用意する強敵たちと、ひたすらに戦い続けた。

何年も何年も。ただ『龍使い』に復讐する力をつけるために。

何度も死にそうになったが、幸い天性の戦闘《せんとう》の才と死にそうになった時強烈《きょうれつ》な激痛と共に力を増強させる『龍の形の刻印』によって勝ち続けた。

殺して刻んで、刻まれて殺して。

いつの間にかリーネットは十五歳になり、その勝利数が999にも上る頃《ころ》。

ついに、アダムたちの方がリーネットと戦う相手を見つけられなくなる。

リーネットの戦闘能力の成長は恐《おそ》ろしく、もはや方々手を尽《つ》くして対戦相手を探してもまともに勝負になる相手がいなかったのである。
とは言え『断裁剣姫』の戦いは今や裏闘技場の目玉イベントだ。
そこで、アダムたちは苦肉の凶行《きょうこう》に出ることになる。
その日も、リーネットは裏闘技場の舞台《ぶたい》に上がった。
最初のうちは、先に敵が待ち構えておりこちらが出ていく流れだったが。
今や、敵を迎《むか》え撃《う》つ王者としての立ち位置である。
そして、『断裁剣姫』の記念すべき一万戦目。
ついに、その相手と対峙《たいじ》することになる。

『さあ、なんと今回は最高にいかれたチャレンジャーが、待ち受けるぞ!!　ホントにアダム様は頭がイッちゃってやがるぜ!!　とれたてホヤホヤ、エスカリット山脈産のドラゴンだあ!!』

リーネットの前に現れたのは最強種ドラゴン。
しかし、地下の闘技場の檻の中で戦わなければならないという条件のため比較的《ひかくてき》小さい個体である。それでも迫力《はくりょく》は抜群《ばつぐん》であり、ドラゴンというだけで観客たちはひどく盛り上がった。

しかし。リーネットにとっては強い個体だとかどうとか、そういう以前の問題だった。

「……ぐっ、がっ、あ」

ドラゴンの魔力に触《ふ》れた瞬間。あの日の記《き》憶《おく》と恐怖《きょうふ》が鮮明《せんめい》に蘇《よみがえ》ってきたのだ。

膝《ひざ》をつき、その場で嘔吐するリーネット。

『おおっと、急にどうした「断裁剣姫」!!　体調不良か!?　しかし、もう殺し合いは始まっているぞ!!』

実況の言う通り、すでに戦いは始まっており逃げるという選択肢《せんたくし》はない。

もし、もしまともに戦うことができたら正直リーネットの圧勝だったろう。

この時、すでにリーネットは冒険者《ぼうけんしゃ》の尺度で言えばSランク。騎士団《きしだん》たちの言い方で言えば『超人《ちょうじん》』の領域にあり、たかが小型のドラゴン一匹《ぴき》程度相手ではない。

だが、魔力が全く思ったように操作できない。暴走した魔力は体を動かす助けどころが、自らの体を内側から痛めつける。

リーネットは言うことの聞かない体をなんとか動かして攻撃を回避《かいひ》することしかできな

った。こんな状態でも、攻撃を躱し続けられる戦闘《せんとう》技術は見事だったが、敵を倒せない以上は無駄《むだ》なあがきでしかない。

こんな時に限って『龍の形の刻印』も発動しない。いや、発動したところで上昇した魔力をもてあましもっと悲惨《ひさん》なことになるだけかもしれないが……。

そんな、無駄なあがきもやがて限界が来る。

体力の尽き果《は》てたリーネットは、ドラゴンの攻撃を躱しきれずその太い尾《お》に弾《はじ》き飛ばされ、檻に激突《げきとつ》する。

そこからは、一方的な蹂躙であった。

噛みつかれ、刺《さ》され、打ちつけられ、叩きつけられ。あの日、初めて戦った日にそうなるはずだった光景が、観客たちの前にさらされる。

動けなくなって床に倒れ伏《ふ》したリーネットを捕食《ほしょく》しようと、ドラゴンが大きな口を開く。

これもまた、初めてここで戦った時と同じ光景。

あの時は、憎き相手への怒《いか》りを滾《たぎ》らせ立ち上がった。

そして今回は……。

(……ああ、もう。いいかな。これで)

リーネットはそう言って、天井《てんじょう》を見上げていた。

正直に言えば、戦い続ける日々に心は疲弊《ひへい》し、もう途中《とちゅう》で自分がなんのために戦っているか分からなくなっていたのだ。

悪いあの男の顔すら、もうぼやけてしまっている。

それでも、戦ってきたのは。全《すべ》てを失った自分には他《ほか》にもうやることもないからだ。

戦って、戦って、戦って、戦って。

そうして、その結果、目の前にあの男と似た魔力を感じさせるドラゴンが出てきただけで、自分は何もできないという現実を突《つ》きつけられた。

だから、もう。いいのだ。

もう……疲《つか》れた。

（ごめんなさい。お父さん、お母さん、アンネ、村の皆……私は結局皆の仇《かたき》を取れなかった……）


その時だった。

ドオオオオッと、闘技場の壁《かべ》に穴が開いた。

ボッカリと開いた大穴から二つの大きなシルエットが現れる。

「まったく、レストロアのお嬢ちゃんもジジイ使いが荒《あ》れえなあ」

一人は赤銅色《しゃくどういろ》の髪《かみ》をたなびかせる長身の老人。

そしてもう一人は。

「事前に聞いていた情報通りだな。アダム・ロデオン伯爵、違法闘技場《いほうとうぎじょう》の運営の容疑で貴様を拘束《こうそく》する……む、今戦っているあの少女……ラインハルトよアダムたちの方は任せた」

なぜか当然のように言葉をしゃべったオークは、中央の檻に向かって跳躍《ちょうやく》する。

巨体に似合わぬ軽《かろ》やかな動きで檻の前まで来ると、リーネットの様子を見て。

「やはりな、すぐに魔力回路の治療《ちりょう》が必要だ」

そんなことを言いつつ、飴《あめ》細工かなにかでできていると錯覚《さっかく》するような軽さで鋼鉄の檻を捻《ね》じ曲《ま》げて中に入ってくる。

当然、獲物を横取りしに来たと判断したドラゴンが襲《おそ》いかかるが。

「治療の邪魔《じゃま》だ」

ゴシャア!!

と、軽く放った拳《こぶし》の一発でドラゴンを檻の端《はし》までふっ飛ばし、気絶させた。

「お前も無理やり連れてこられて興奮しているのは分かるが、少々静かにしていてもらおう……さて」

オークはリーネットの近くにしゃがみ込むと、服をずらして体を調べる。

「ふむ……二つ呪いがかけられているな。『隷属《れいぞく》の呪い』と、もう一つのこれはなんだ？　まあ、しかし、とにかくまずは暴走した魔力の除去からだ。エルフやダークエルフの血を引くものが、魔力回路に無理な負荷《ふか》をかけ続けると寿命《じゆみよう》が縮むからな」

そういって、オークがリーネットの額に手を当てる。

そして、その当てられた手から自分の体を痛めつけていた魔力が吸収されていくのが分かる。

体の力は抜けていくが、同時に痛みもみるみるうちに取れていった。

「よし、これで一先《ひとま》ず安心だな」

「おう。お嬢ちゃんはどんな感じだ？　ブロストン」

ラインハルトと呼ばれていた長身の老人が、いつの間にかしゃべるオーク、ブロストンの隣に立っていた。

周囲を見てみると、アダムとそのお付きの護衛たちは壁にめり込んで白目を向いたまま気絶していた。

アダムの護衛たちも雑魚《ざこ》ではない。それを、この短時間で汗《あせ》一つ書かずに無力化してしまえるあたり、この老人も只者《ただもの》ではないのは明らかだった。

「正直に言って、かなり酷《ひど》い状態だな。元々『隷属の呪い』は魔力回路に負担をかけるが、もう一つの見たこともない呪いがそれ以上に、魔力の流れを無茶苦茶《むちゃくちゃ》にしている。その状態で何年も戦い続けていたんだろう、並の医者では治療できない」

「って、ことは？」

「ああ、ビークハイル城でオレが治療する。他にあてがあるならそっちに預けるが、正直これはオレでも手こずるだろうからな」

「はっ、ならしょうがねえ。ワシもお前以上のヒーラーは二百年生きてても知らねえからな」

会話を終えると、ブロストンはリーネットを抱《だ》きかかえた。

「そういうわけで、オレたちのパーティの集会場に来てもらう。ちょっと問題児が二名ほどいて散らかっているが、我慢してもらおう」

「……」

リーネットはブロストンとラインハルトを黙って見つめる。

二人共、あの男と同じ圧倒的《あっとうてき》な魔力と絶対強者の覇気《はき》を持ちながらも、どこか優《やさ》しい空気をまとっていた。

その感じが、どこか懐《なつ》かしくて。

平和だったあの田舎《いなか》の空気を感じて長年の緊張《きんちょう》の糸が解けたリーネットは、気を失うように眠《ねむ》りについた。

第六話　俺の信じる

リーネットが眠りについてから、半日が経過した頃。

起きるのを待って何もしないでいると余計に気が滅入《めい》るということで、リックはアランと将棋《しょうぎ》を打っていた。

「それにしても、アランさん。どうやってシシリーさんみたいな素敵《すてき》な人と出会ったんですか？」

「え？　そうですね」

ちなみに、アランの将棋の腕前《うでまえ》は打《う》ち慣《な》れているがあんまり強くない。という感じである。

「僕《ぼく》は元々東方の料亭《りょうてい》で下《した》っ端《ぱ》として働いていて、たまたま自分しか手が空いてなかった日に作って客に出したんですよ。その客が留学に来てたシシリーだったんですね。それでまあ、コレを作ったのは誰《だれ》だ!!　って乗り込んできて。僕ですって言ったら『なんで、アナタこんなに才能あるのに下働きなんかしてるのよ』と叱《しか》られまして」

「ははは、それはまた」

なんとも、パワフルなことである。

「もったいないから独立しろって言われまして。正直自信なくて、僕には無理だって言ったんですけど『アンタは独立して自分の店を構えるべきよ!! あたしが手伝うからそうしなさい!!』と、尻《しり》を蹴《け》り飛ばされましてね……今に至るというわけです。いやはや、こういう人生の大事な選択《せんたく》を女性に背中を押されて決めるなんて、なんとも情けない限りですよ、ハハハ」

情けないと言いつつも、楽しそうに思い出を語るアラン。

リックも笑って言う。

「いいんじゃないですかね。俺も実は、大事な決断を女の子に背中を押してもらったことがありますから」

「へえ。リックさんみたいに強い人がですか？　それは意外だ」

「まあ、今は確かに変に謙遜《けんそん》するのはよくないくらい強くはなれましたけど……初めから強かったわけではないですからね。それこそ、ここまでになれたのはリーネットのおかげですよ」

あの日、リーネットに病院で背中を押された時から、リックの本当の人生は始まった。

そして常に側にはリーネットがいてくれた。

リックがそう言ったのを聞いて、アランは笑う。

「なるほど、僕もリックさんも、素晴《すば》らしい女性に支えられたからこそ今があるタイプのちょっと情けない男のようですね」

「ははは、そうかも知れませんね」

その時。

「リック様、リーネット様がお目覚めになりましたよ」

シシリーがそう報告しに来た。


部屋に入ると、リーネットは起き上がって本を呼んでいた。

「ああ、リック様。今回は色々とご迷惑《めいわく》をおかけしました」

そう言って、深々と頭を下げるリーネット。

(ああ、いつもどおりのリーネットだな)

安心したような、少し寂《さび》しいような、そんな気持ちになるリック。

「まあ、気にするなよ。俺も日頃《ひごろ》から散々リーネットの世話になってるからさ。今日はゆっくり休みな。色々と思い出して疲れただろ?」

「いえ……ですが、今夜は」

リーネットが何かを言おうとした時だった。


ドン!!

と、地響《じひび》きが旅館を揺《ゆ》らした。

「じ、地震《じしん》ですか？」

シシリーはそう言ったが。

「いや、この音と衝撃《しょうげき》はたぶん」

リックはそう言って立ち上がる。

「リックさん、私も」

「いいって、今日は休んでてくれよ」

リックは起き上がろうとしたリーネットを手で制すると、外に飛び出した。

外に出ると、旅館の少し横の地面に小さなクレーターができていた。

やはり、さっきの音はアレだろう。

リックは旅館の背後にある山の方を見る。

すると、一瞬《いっしゅん》夜の山にオレンジ色の光が点滅《てんめつ》した。

そして、少し遅《おく》れて発砲音《はっぽうおん》と先程《さきほど》よりも旅館に近い位置に着弾《ちゃくだん》する金属球。

「まさか、大砲《たいほう》持ち出してきやがるとはな」

というか、それ以上にあそこまで力の差を見せつけられても、平然とリックたちがいるうちに攻《せ》めてくるとは、逆に大した度胸である。

「……思った以上のバカだったか」

まあ、仕方ない。なら、もう一度思い知ってもらうとしよう。

□□□

部屋に残されたリーネットは、リックの飛び出していく姿を見送った後。

「……ふう」

と、一つため息をついた。

「いけませんね。今は病《や》み上《あ》がりなのに余計な気を回してしまって」

その様子を見たシシリーは、リーネットにお茶を渡《わた》しながら言う。

「どうぞ……いいんですかリーネット様？」

「ありがとうございます。ええ、元々リックさんなら一人でもなんとかしてしまえますから」

リーネットは渡されたお茶をすする。

「強くなりましたよ。リック様は。いや、元々強かったんです。ただ、少し優しすぎて人に心配をかけたくなくて、自分の意思を通せなかった。だから一度走り出したら、それはもう真《ま》っ直《す》ぐにどこまでも力強く駆け抜けていく。そんな姿に、弱い私はいつも勇気をもらっています」

「そうですか……私と同じですね」

「シシリーさんと、ですか？」

「はい。私は少し人より色んなことが器用にできるだけですから。でも、熱中できるものがなくて。その時に、アランと出会いました。あの人は強いです。あの人ほど一つのことに熱中できる人はいません。そんな姿が私には眩《まぶ》しくて、私はあの人が厨房《ちゅうぼう》で楽しそうに、でも真剣《しんけん》に料理をしているところを見ると、今日も頑張ろうと思えるんです」

「そうですか、素敵な出会いをされたんですね」

「ええ、まあ、ホントは強いと分かっていても普段《ふだん》の様子を見ていると、ちょっと心配で側にいて支えたくなるんですけどね」

シシリーはそう言うと、リーネットにお盆《ぼん》を差し出した。

「だから、そういうものだと思いますよ。リーネット様」

「……」

リーネットはシシリーの顔をじっと見つめていたが。

「そうですね」

ふっ、と少しだけ笑った。

そして、お盆にコップを置くと立ち上がる。

「行ってきます」

「はい、お気をつけて」

シシリーがお辞儀《じぎ》をしたのを尻目《しりめ》に、リーネットは窓から飛び出して旅館の外に出る。

雪の積もった地面に柔《やわ》らかく着地すると、周囲を見回す。

（……二個のクレーター。やはり大砲ですか）

リックの姿が見当たらないということは、すでに大砲の設置された箇所《かしょ》に移動したということだろう。

ならば自分は、周囲に隠《かく》れた伏兵《ふくへい》がいないかの探索《たんさく》を。

そう考えていた時。

「顔立ちのやたら整ったダークエルフ、君がリーネットとかいう子だね」

木の陰《かげ》から一人の男が現れた。

メガネをかけた細身で長身の男である。瞳《ひとみ》の奥《おく》には理知的な光があり、茶色のコートを羽織り灰色の長髪《ちょうはつ》をたなびかせるその姿は、只者ではない雰囲気を漂《ただよ》わせている。

「誰ですかアナタは？」

「知らない方が、いいと思うけどね。俺《おれ》の名はメルクリウス」

リーネットの問いに、男はニヤリと口を歪《ゆが》めて笑う。

そして、その名を口にした。

「龍使《ドラゴンロード》いと、言った方が有名かな？」

まさか出てきた因縁《いんねん》の相手の名前に、リーネットの眉《まゆ》がピクリと動く。

その様子を見て、男はまた笑った。

「そう。『ブラックカース』アビスナンバーワン、俺は世界でもほとんど存在しない、ドラゴンを操《あやつ》ることができる人間。そして、その中でも最強の男さ」

龍使いメルクリウスは指を鳴らした。

すると、周囲の森があちらこちらで大きく揺れる。

そして。

大きな五つの影《かげ》が、メルクリウスの後ろに飛んできた。

そう、それは……驚《おどろ》くことに五体のドラゴンだった。あの、洞窟《どうくつ》の中にいたドラゴンたちである。

「……ぐっ!!」

リーネットが膝をつく。

「おや？　急に体調でも悪くなったかい？　まあ、それならそれでこちらも仕事が簡単でありがたいかな」

リーネットはなんとか、体内の魔力《まりょく》の暴走を押さえつけながら思う。

(……マズイですね。大人しくしておくべきだったかもしれません)

□□□

「はははは、文明の利器ってのは最高だなあ!!」

先程のリックたちとの教会での戦いの時には、たまたま修道院を留守にしていた四人の部下を連れたヴァンは、大砲を打ちながら楽しげに笑っていた。

なにせ、使っているのは『王国』が誇《ほこ》る最新式のものである。命中精度、威力《いりょく》、扱《あつか》い易《やす》さ、どれをとっても盗賊《とうぞく》の時分に縄張《なわば》り争いで使ったオンボロの型落ち品とは比べ物にならない。

「よっしゃー!!　もういっちょいってみようか」

そう言った時。

「ゴバア!!」

部下の一人が悲鳴とともに吹《ふ》っ飛《と》び、頭上にある木の枝に引っかかった。

「……はい？」

「よう。しっかし、ホント懲《こ》りねえなお前ら」

「て、テメエは確かあの化け物メイドの隣《となり》にいた、よく分かんねえオッサン!!」

「いや。もうちょっと、マシな覚え方してくれよ……」

まあ、確かにあの時はリックがなにかする前に、リーネットが取り巻きを片付けちゃったけども。

「なんで、お前こんなところにいやがる!!」

「え？　なんでって、旅館の庭に出たら大砲打つ時の光が見えたから走ってきたんだけど」

「こっから、旅館までどんだけ距離《きょり》あると思ってんだ!?　しかも、山道だぞ!?」

「……若いな不良神父、重りを持ってない山登りなど取るにたらん。世の中にはもっと過《か》酷《こく》な山登りがある。それに比べれば30ｍの標高差くらい三十秒もかからずに登りきれるに決まっているだろう？」

「わけ分かんねえこと、言ってんじゃねえええええええええええええええ!!」

ヴァンが旅館の方に打とうとしていた大砲をこちらに向けた。

「くらえやあああ!!」

轟音《ごうおん》と共に放たれる、砲弾《ほうだん》が凄《すさ》まじい速度で生身のリックに直撃《ちょくげき》する。

命中箇所に盛大に砂煙《すなけむり》を巻き上げるほどの衝撃である。おそらく即死《そくし》か、少なくとも体のどこかは吹っ飛び、動けなくなっているだろう。

「へ、へへ、俺らに逆らうからだ……ざまあ、見やがれ」

しかし、煙《けむり》が晴れるとそこには。

「ったく、ホントに直接人に向けて打つとはな」

リックは平然とその場に立っていた。

驚くべきことに、その手には先程至近距離で放たれた砲弾が握《にぎ》られている。

「……うそ、だろ!?」

「もうお前らの害悪は、田舎の小悪党のレベルを超《こ》えてるな」

リックは砲弾を投げ捨てながらそう言った。

地上げのために嫌《いや》がらせ行為《こうい》をする程度に収まっているうちは良かった。百歩譲《ゆず》って起《き》爆《ばく》性魔法《まほう》石を投げ込むのも、まだ怪我《けが》をさせる程度のものだった。

だが、今コイツは明確に目の前で人殺しをやってみせたのだ。そうするしか、リックに対抗《たいこう》できる手段がないとしても、要はコイツら他に手段がなくなったらこれからも同じように殺人まで犯《おか》せる考え方をしているのだ。

これはさすがに、放っておくわけにはいかない。

「と、いうわけで三ヶ月《かげつ》くらい寝《ね》たきりになる程度に痛い思いはしてもらうぞ。その頃にはミーア嬢《じょう》の根回しも終わってるだろうしな」

ヴァンたちは蜘蛛《くも》の子を散らすように一斉《いっせい》に逃《に》げ出《だ》した。

「逃がすかよ……ん？」

リックはその時、旅館にあるものを見た。

「ドラゴン？　偶然《ぐうぜん》、なわけないな。アイツらの仲間だとしたら……まずいな」

□□□

「……ふー」

リーネットはなんとか動かない体を動かして立ち上がる。

治療薬《ちりようやく》を飲んだばかりだからか、病み上がりで暴走する魔力の量がそもそも少ないのか。

今回は先々日より遥《はる》かに楽である。

もっとも、それは前の最悪な時との比較《ひかく》であって、十分に体が言うことを聞かない状態なのだが。

(……情けない。未《いま》だにトラウマごときで)

リーネットは精神を集中させ、魔力を操作しようとするが……。

「……くっ」

ダメだった。どうしても、あの時の恐怖が蘇ってしまう。

ドラゴン以外を相手にする時はむしろ、あの夜の思い出は憎《にく》しみを燃料に戦意の起爆剤《きばくざい》になる。だというのに、強くあの男の匂《にお》いを感じるドラゴンを前にするとコレだ。

それほど龍使いは、憎い相手であると同時に圧倒的な恐怖の対象なのだろう。

「しかし、他愛《たあい》ない。では。さっさと仕事を終わらせせますか」

メルクリウスが指を鳴らすと、一体のドラゴンがリーネットに襲いかかる。

リーネットはそれをなんとか躱《かわ》すが。

「次です、さあ、次の次の次の次もありますよ」

メルクリウスが右手を振《ふ》り下《お》ろす。

それと同時に、残る四体のドラゴンが次々に襲いかかってくる。

（……くっ、今の状態で躱しきれるか？）

それにしても、このメルクリウスという男只者ではない。

この男は『龍使い』ではない。それは、実際に会ったことがあるリーネットから見れば明らかだった。本物を目の前にした時の圧力はこんなものではなかった。

しかし、偽物《にせもの》とは言え木《こ》っ端の雑魚ではないのもまた事実だった。

モンスターを使役《しえき》して戦闘に利用する、テイマーというスタイルを取る人間は一定数いるが、中でも最難関とされるのがドラゴンを手懐《てなず》けることである。

一匹《ぴき》手懐けられたら、それはもう一流の証《あかし》である。

それを、この男は五体も同時に。わざわざあの男の名前を偽《いつわ》らなくても十分に名を売れると思うのだが。

それは、さておき。

リーネットは一度五体の攻撃を全て躱しきった。

と、思ったその時。

「第三界級魔法《かいていまほう》『フレイム・イリミネート』」

メルクリウスの手から火球が放たれた。

威力も速度も、普段のリーネットなら全く問題にならない程度だが……。

今のリーネットにとっては、十分に効果的だった。

ギリギリで横に飛んで躱したがそこまでだ。

再び攻撃の体制を立て直していた最初のドラゴンの爪《つめ》が、リーネットに襲いかかる。

今から回避は不可能。

（……いや、身体強化を使えば）

リーネットは再び精神を集中するが。

「……くっ」

やはり、ダメだった。

脳裏《のうり》にこびりついた恐怖のせいで、魔力をコントロールできない。

その間に目前まで迫《せま》る、ドラゴンの鋭い爪。

なんとか急所だけはそらさないと、と思ったその時。

「……ふう。あぶねあぶね」

目の前に現れたリックが、ドラゴンの足を片手で止めていた。

□□□

「ったく、人の大切な女に何してくれてんだよトカゲ野郎《やろう》」

ブン!!　と足を押《お》し返《かえ》すと余りの力にドラゴンがひっくり返る。

「リック様、大砲の方に向かったんじゃ……」

「ああ、まあでも、お前の方がヤバそうだったからな。アイツらは後でちゃんと探してとっちめるよ」

「貴様、何者だ?」

メルクリウスが問う。

「リック、Eランク冒険者だ」

「嘘《うそ》をつくな!!　Eランク冒険者が片手でドラゴンの攻撃《こうげき》を止められるわけないだろ!!」

「……嘘じゃないんだけどなあ。あれ、もしかして、まだ、誰も信じてくれたことなくね?」

そんなことを言いつつ、リックはリーネットの方を見る。

「立てるか?」

「……はい」

リーネットは自分の力で立ち上がる。

「お前があのくらいのやつに苦戦するなんて本来有りないけど……やっぱり、まだ、ドラゴンの魔力が怖《こわ》いんだな」

「……はい。お恥《は》ずかしながら」

「いや、怖いもんはやっぱり怖いからよ。恥ずかしくはないぜ。踏《ふ》み出すのを三十年も怖がってたやつだっているしな」

リックはそう言って笑う。

その顔を見て、少し心が落ち着くリーネット。

「……なあ、リーネット。今、乗《の》り越《こ》えてみないか?」

「え?」

「トラウマを」

リックはドラゴンたちの方を指差す。

「それは……そうしたいですが……今までできませんでしたから」

リーネットの言葉にリックは首を横に振る。

「何言ってんだよ。今までできなかったことは次やった時できない理由にはなんねえさ。百回失敗したからって百一回目が成功しない保証なんてどこにもないんだ」

リックはリーネットの手を取った。

震《ふる》えている。だから、強く握りしめ、真っ直ぐにその目を見つめる。

「聞いてくれ。リーネット。大丈夫《だいじょうぶ》だ、お前はできる。お前は強い、あんなただのドラゴンになんか負けない」

そしてリックはあの言葉を言った。

「自分のことは信じられなくても、お前を信じる俺のことは信じてくれないか？」

それは、Eランク試験の二次試験の前、リーネットがリックに言った言葉だった。

リーネットは一度目をつぶる。

瞼《まぶた》の裏に浮《う》かぶのは、あの日の光景。

苦しくて怖くて辛《つら》くて、思い出すだけで体が心底から震える。

でも、今は繋《つな》いでいる手が温かい。大丈夫、俺がついているぞと信頼《しんらい》する人の体温が語りかけてくる。

「こうなったら、最後の手段だ。ドラゴンたち!!　ブレスを撃て!!」

「なっ!!　あの野郎。俺らの後ろに旅館あるの分かってて言ってるのか!?」

「ははー!!　知ったことではないな!!　俺の仕事はお前たちを始末して金をもらうこと。過程で誰がどうなろうとどうでもいい!!」

ドラゴンたちはメルクリウスの指示に従い、体内に魔力を溜《た》め始める。

もし、このまま放たれたら旅館と中にいる人々がまとめて吹っ飛ぶことになる。

その時。

スッと、リーネットが一歩前に出た。

「リーネット?」

「……リックさん見ていてもらっていいですか?」

その顔を見て、リックは嬉《うれ》しそうに頷《うなず》いた。

「ああ」

そして。

リーネットの魔力の乱れが完全に止まった。

足につけているホルスターから、あるものを取り出す。

それは、細い糸だった。裁縫《さいほう》用のなんの変哲《へんてつ》もない糸。

しかし。身体操作の達人であるリーネットが使えばそれは、変幻自在《へんげんじざい》の凶器《きょうき》となる。

「断裁剣姫《だんさいけんき》、四奏演舞《よんそうえんぶ》」

糸がまるで生き物のように宙を舞《ま》い、五体のドラゴンに絡《から》みつく。


「一奏『赤色千本桜《あかいろせんぼんざくら》』」


リーネットの右手が動いた。

次の瞬間《しゅんかん》。

ズシャア!! と、五体のドラゴンが一斉に全身から血を吹き出して倒《たお》れた。

「ははは。五体まとめて一瞬で倒すとか、相変わらずエゲツないな」

赤色千本桜はその名の通り、糸を使って相手を切り刻み血の花を咲《さ》かせるという、物騒《ぶっそう》極《きわ》まりないリーネットの必殺技《ひっさつわざ》である。

「……まあ、それよりも」

リックはリーネットの肩《かた》に手を乗せた。

「やったな。リーネット」

「はい。やりました」

そう言って笑ったリーネットの顔は、記憶《きおく》がない時の無邪気《むじゃき》な笑顔《えがお》と同じものだった。

「さて残るは、本人を……っていねえし」

「教会に戻《もど》ったんでしょうか？」

「たぶんな。ちょっと行ってくるわ。考えてみりゃヴァンたちも戻ってるだろうからな。丁度いいからまとめてとっちめてくるわ。リーネットは旅館の方の見張りを頼《たの》むぜ」

今度は休んでいてくれ、ではなく役割分担である。

それならばリーネットも異存はない。

「はい。行ってらっしゃい。リック様」

「おう!!」

□□□

「クソクソクソ!!　あのオッサンまであんな化け物なんて聞いてねえぞ!!」

ヴァンは、修道士たちと一緒《いっしょ》に教会に戻っていた。

「どうするんです、親分。アイツらマジで洒落《しゃれ》になりませんぜ」

「親分じゃねえ、神父と呼べ!!　もうこうなったら人質《ひとじち》取るしかねえな。あの宿の小生意気な若女将《わかおかみ》がいたろ、スキを見てアイツを攫《さら》って来るんだよ。んで、俺らに手を出さねえことと、あの土地から立《た》ち退《の》くことを約束させんのさ」

「……その計画、私も協力しよう」

そう言って入ってきたのはメルクリウスだった。

「先生!! メイドのやつは始末してきましたか?」

「え? ああいや。それよりも私は足音を消す補助魔法が使えるんだ。誘拐《ゆうかい》をするなら役に立つと思うがね?」

「おお、そいつはいいですな。よし、さっそく明日から旅館に張り込んで、若女将が一人でいる時間を」

その時。


「……諦《あきら》めが悪いな。お前たちは」


ヴァンたちに聞き覚えのない、幼い少年の声が聞こえてきた。

部屋の入り口を見ると、白い髪《かみ》の少年がポツンと立っていた。

彼《かれ》らは名前を知らないが、その少年はユキトである。

旅館にいた、アイリと羽根つきをしていた大人しい少年だ。しかし、今は全く雰囲気《ふんいき》が違《ちが》った。見た目は幼いままだが、喋《しゃべ》り方《かた》に芯《しん》があるし、どこかずっしりと来るような重い雰囲気を漂わせている。

ヴァンが少し気圧《けお》されながら言う。

「な、なんだ、ガキ!!　ここはお前みたいのが入って来るところじゃねえぞ!!」

ここは教会であり当然子供が入ってくるべき場所なのだが、この不良神父の頭に今はそんなことを考える余裕《よゆう》などあるわけもない。

「お前たちさ、積んでるのが分からないのか？　あの二人がいる限り何やったって無駄《むだ》だぞ。それに、いくらなんでも大砲撃《たいほう》ったりドラゴン暴れさせたり派手にやりすぎだ。いくら平和ボケの騎士団《きしだん》でも、いつまでも黙《だま》っていないと思うぞ？」

「何様だテメエ!!　俺様は神の指図も受けねえと決めてんだよ!!」

あまりにも今更《いまさら》ながら、神父にあるまじきことを堂々と宣言するヴァン。

「何様、ねえ。まあ、強《し》いて言うなら、そこの偽物のパクリ元様だな」

「……なんだって？　今何を言いましたか？」

メルクリウスがメガネを直しながら、ユキトの方を見てそう言った。

いや、違う。さすがに違う。確かに真っ白な髪やこの重厚《じゅうこう》な雰囲気というのは、その名前を名乗る上で集めた情報と一致《いっち》するが、あまりにも幼すぎる。

「さすがにな。これでも組織のトップをしている以上は、偽物を見逃《みのが》すわけにはいかないんだよ。あと、単純に旅行をじゃまされたくないしな」

ユキトがそう言うと同時に、その足元に魔法陣《まほうじん》が出現する。

そして、その魔法陣がユキトの体を上っていくと、通《とお》り抜《ぬ》けたところからその体が変化した。

そして、現れたのは二十歳《はたち》ほどの青年。

白くたなびく長髪に、この世の全《すべ》てを睥睨《へいげい》するような瞳。

そして、紛《まぎ》れもなく本人であることを象徴《しょうちょう》するのは、右手についたドラゴンの頭。

だが、その右腕《みぎうで》のドラゴンの頭にはメルクリウスは見覚えがあった。

「そ、それは、僕のドラゴンの⁉」

ユキトは自分の右手を見ながら言う。

「お前は、一つ決定的に間違《まちが》っている。俺はドラゴンを使役するテイマーだから龍使いと呼ばれているんじゃない。俺の持っている『固有スキル』が『喰《く》らったモンスターの力を、体に取り込む』というもので、一番力のあるドラゴンをよく喰らっているからだ」

「……」

言葉を失うメルクリウス。イマイチ状況《じょうきょう》の把握《はあく》できていないヴァンたちも、目の前でにとんでもないやつがいることは分かった。

もはや疑うまでもない。

この男が、本物だ。世界最大の犯罪組織の長。最も懸賞金《けんしょうきん》の高い国際指名手配犯。

最悪の犯罪者、龍使い《ドラゴンロード》。

そして、その男は右腕のドラゴンの頭をヴァンたちの方に向けると、無慈悲《むじひ》にこう言い放つ。


「まあ、そういうわけで。俺の都合で死んでくれ」

□□□

「……いったい何があったんだ？」

教会まで走ってきたリックは、やや唖然《あぜん》としてそんなことを言った。

いや、正確には教会だった場所、といった方がいいか。

僅《わず》かな残骸《ざんがい》を残して、教会は消し飛んでいた。

代わりにそこにあったのは、まるで隕石《いんせき》でも落ちたかのような巨大《きょだい》なクレーターである。

「こんな現象、アリスレートさんくらいしか起こせるやつ知らねえぞ」

まあ、結果はどうあれ、ヴァンたちはいなくなり問題は解決した、というわけだろう。

悪人とは言え、こうしてなんの前触《まえぶ》れもなく消えてしまうのは、あまり気分のいいものではないが……。

「それにしても……」

この前の、海をぶった切った騎士《きし》といい、世の中には『オリハルコン・フィスト』の先《せん》輩《ぱい》たちのような化け物が他《ほか》にもいると思うと、あまり生きた心地《ここち》のしないリックだった。

□□□

「あー、ユキト。いたいた」

アイリは旅館の近くの公園でユキトの姿を見つけて、そう声を上げた。

「ああ、アイリちゃん」

「もう、こんなところであそんでたのね!!　お父さんが心配してるわよ!!」

「うん。ごめん」

「まったく、わたしがいないとユキトはダメダメなんだから!!　ほら」

そう言って自分のまだ小さい手を、ユキトに差し出すアイリ。

ユキトはその手を嬉しそうに握って言う。

「……あったかいね。アイリちゃん」

「に、にんげんなんだから、あたりまえでしょ!!　はずかしいこといわなくていいのよ。ユキトのくせに!!」

「ううん。アイリちゃんは、あったかいよホントに……」

ユキトは教会のあった方角を見ながらそう言った。

□□□

さて、その夜。

リックは一人、部屋に備え付けられた風呂《ふろ》に浸《つ》かっていた。

「……ふう」

「はあ、しかし三泊《ぱく》四日もこれで三泊目か。思ったよりも色々ありすぎたなあ」

まあ、そのおかげでリーネットはトラウマを克服《こくふく》できたわけだし、シシリーとアランの旅館を救うこともできたわけだが。

(肝心《かんじん》のセ◯クスができてねえ……)

そう、それこそがリックにとって本来の目的だったのだ。

ちなみに、そのリーネットは今、もう一度ドラゴンの魔力を浴びたということで医者に診てもらいに行っている。まあ、トラウマは解消されたがその前にも魔力の乱れで魔力回路がダメージを受けているだろう。

早めに治療《ちりょう》を受けておくに越したことはない。

「んーまあでも」

リックは先程見た、リーネットの笑顔を思い出す。記憶は戻っているはずなのに見せたあの屈託《くったく》ない笑顔。

「まあ、いいか。あれが見られたなら」


「リック様」


「……ん?　って、おお!?　リーネット!?」

思わず驚いて湯船から立ち上がるリック。

一糸まとわぬ姿で、リーネットがそこにいた。

「検診《けんしん》、終わりましたので。できればご一緒にと思いまして……よろしいでしょうか？」

「あ、ああ。もちろん。やっぱりここの風呂はいいぞ。ホントに温まる」

「では」

リーネットは体を流すと、ゆっくりと湯船の中を歩きリックの隣まで来る。

「お隣、失礼しますね？」

「ああ」

リーネットがリックの隣で肩まで湯に浸かる。

「いいお湯ですね」

「そうだな……」

「……」

「……」

二人共黙ったまま空を見上げる。

それは初日に度々《たびたび》あった、気まずい沈黙《ちんもく》では決してなかった。

やがて、リーネットが口を開いた。

「リック様。先程《さきほど》は助けていただいてありがとうございます」

「ああ、まあ、アレくらいはな。いつもリーネットには世話になってるから」

「そうですかね?」

「どう考えてもそうだろ。家事から訓練の手伝いから何から何まで、リーネットに頼《たよ》りっぱなしだぞ。もう、お前がいなかったら生活成り立たねえよ」

「ふふ、そうですか」

なぜか嬉しそうなリーネット。少し感情表現も豊かになった気がする。

「でも、リックさんは私たちがあまり依頼《いらい》を受けない分、代わりにパーティへの依頼をこなしてくれてるじゃないですか」

「あんな、報酬《ほうしゅう》いいのばっかなのに皆《みな》平気で断るんだもんなあ」

『オリハルコン・フィスト』事務員時代から考えたら目玉が飛び出るような額の依頼が、時々舞い込んでくるのである。リックは貧乏性《びんぼうしょう》を発揮して他の全員が興味を示さない依頼を一人で受けに行ってしまうのである。

「そうやって幾《いく》つも引き受けて、疲《つか》れて帰ってきたリック様が私の作ったご飯を食べているのを見るのは、楽しいですよ?」

「なんだそりゃ? 俺は人に料理作ったことほとんどないけど、そういうもんなのか?」

「はい。それだけじゃなくて、リック様が来てから毎日のちょっとしたことが楽しいですよ」


リーネットがこちらの方を向く。

その顔はやはり、嬉しそうに幸せそうに笑っていた。

(ああ、アレだ。やっぱり俺、リーネットのこと超好《ちょうす》きだわ)

リックは改めてそう思う。

ならば、もうやることは一つだ。ここで躊躇《ちゅうちょ》するのは男じゃない。

リックは湯船から立ち上がる。

「俺はもう出るわ。リーネット」

そして、リーネットを真《ま》っ直《す》ぐに見て力強い声で言う。

「心の準備ができたら来てくれ。待ってるぞ」

リックはそう言って、部屋の中に戻っていった。

「……」

リーネットは少し顔を赤くして、ブクブクと湯船に沈《しず》んだ。

そして、十分ほどそうした後に湯船から上がると、もう一度念入りに体を洗い流して部屋の中に戻って行ったのだった。

□□□

温泉旅行から帰ってきても、リックとリーネットの生活に特に変化はなかった。

リックはいつもどおり訓練して依頼をこなし、リーネットもいつもどおり家事をする。

ミゼットだけは帰ってきた二人の様子を見て、いつも以上にニヤニヤしていたので色々と察しているのかもしれない。

そして、そんなある日。

ビークハイル城で、リーネットがいつもどおり掃除《そうじ》をしていると、修行《しゅぎょう》で疲れたのだろうかリックが居間のソファーで寝ていた。

少々寝苦《ねぐる》しそうな体勢だったので、ちゃんと真っ直ぐにソファーの上に乗るように姿勢を変えて、その上からシーツをかけた。

「……うーん」

と、あまりいい夢を見ていないのか、苦しそうなうめき声を上げるリック。

来たばかりの頃《ころ》は、Sランク冒険者《ぼうけんしゃ》の集まりということで城の中ではいつも緊張《きんちょう》していたが、今ではこうして日中時間のある時は堂々と好きなところで眠《ねむ》れるようになった。

すっかり、『オリハルコン・フィスト』に慣れ親しんだその姿を見て、リーネットは自分がここに来た時のことを思い出す。

■■■

「『隷属《れいぞく》の呪《のろ》い』はディスペルできたが、もう一つのお前の右脇腹《わきばら》辺りに刻まれた龍《りゅう》の形の刻印は、正直このオレでも今はまだ仕組みが分からん。一応厳重に封印《ふういん》はしてあるが、時間をかけて解呪方法を研究するつもりだ。そこでリーネットよ。せっかくだからお前もパーティに入ってここで暮らさないか？　お前なら実力も申し分ない」

ブロストンはリーネットにそう言った。

地下闘技場《とうぎじょう》の一室に寝泊《ねと》まりしていたリーネットである。宿なし状態だったのでありがたくその提案に乗ることにした。

そして、リーネットは『オリハルコン・フィスト』の一員として、ビークハイル城での生活を始める。

最初の一年は半ば放心状態で何もせずに過ごしていた。

しかし。

「リーちゃん、今度一緒《いっしょ》にお馬さんのかけっこ見に行こうよ!! 誰《だれ》が一番か当てるとお金が増えて面白《おもしろ》いんだよ!!」

「いやー、スタイルのええ子がいると華《はな》があるなあ。あ、オッパイ触《さわ》ってもええか? いでででで、冗談《じょうだん》や冗談」

「リーネットよ、体調はどうだ? 暇《ひま》ならば身体操作の技術をもう少し磨《みが》いてみないか? オレの考えでは幾つか基本を覚えるだけで、お前の戦術の幅《はば》は遥かに広がると見ているんだが」

「リーネットちゃん、助けてくれよお。マジで締《し》め切りやべーんだよ今回は。もういっそ君が書いてくれ。ワシはもう文章が二度と浮かんで来ない不治の病に侵《おか》されたんだあ～」

『リーネットさん。調子はどう? これ、山で取ってきた珍《めずら》しくて効果のいい薬草ね。調子が悪かったらかじってみてよ。何百年も前から体調を整える薬として使われてたからさ。ちょっと苦いけどね』

メンバーは皆、圧倒的《あっとうてき》に強く、でも、明るく優《やさ》しかった。

その温かさに、リーネットは平和だった幼少期を思い出し「私は今まで何をやっていたんだろう」と考えるようになる。

（あの男は今でも憎い……でも、こんな優しい日々を捨ててまで追いかけるものだったのだろうか？）

きっとそれは違う。

あんな刻印まで残したことを考えれば、きっとあの男は何かの実験か、ともかく自分に復讐《ふくしゅう》者として強くなることを望んでいるのだろう。

なら、私にとってのあの男への復讐はもしかすると、強くなることではなく。

そんな憎しみは忘れて、普通《ふつう》に幸せになることではないだろうか？

もちろん、両親たちの無念はあるが、それに囚《とら》われて人生を生きるというのは決して彼らは望まないだろう。

（そう言えば普通の女の子のようなことなんて、まったくしてこなかった……）

そう思ったリーネットは翌日から、メイド服を着て家事をするようになる。

リーネットの知る、普通の女の子はお手伝いのメイド、アンネくらいのものだったのでそれに倣《なら》うことにしたのである。

そうして、家事や家計の管理というなんとも『普通の女子らしい』と言えばらしいことをしていたある日。

「まあ、女の子の街での就職先は、家政婦というのがよくある選択肢《せんたくし》の一つだ。間違ってはいないな」

というのはブロストンの言である。

そして、ある日。

リーネットはラインハルトに頼まれた調査のために来ていたとある田舎町《いなかまち》で、リックと出会う。

『なあ、俺《おれ》が今から冒険者を目指すとして。やっていけるかな？』

リックはそう言った。

変な人だ。と思った。

自分と違い平和に育ってきた人間なのに、どうやら厳しい戦いの世界に憧《あこが》れているらしい。

だが、こちらの世界はそれほどいいものではないとリーネットは身に染《し》みて分かっている。なので、否定はしないが厳しいものであるということは伝えた。

本気でがっかりするリックに悪かったかなと思い、食事の誘《さそ》いを受けることにした。

帰ってそのことを一緒に来ていたミゼットに話すと。

「へえ、デートやんけ。恋《こい》せよ乙女《おとめ》、ってことやろな。普通の女の子らしくてええやないか」

　と言われ、そのつもりはなかったが若干《じゃっかん》意識をしてしまうリーネットだった。

■■■

　そしてあとの顛末《てんまつ》は知っての通り。モンスターの異常発生が起こりドラゴンが現れる。

　リーネットは魔力《まりょく》が乱れ動けなくなるが、リックは自分よりも弱いにもかかわらず向かっていき。ボロボロになりながらも倒してしまったのだ。

　あの姿は、たぶんリーネットは一生忘れないだろう。

　リーネットはベッドで横になるリックの寝顔《ねがお》を見る。

　この人は平穏《へいおん》な世界から、わざわざ辛い戦いの世界に飛び込んでくるような男だ。

　怖がりながらも、一度決意すればどんな困難にも挑《いど》む強さがある。

　弱くて強い。

　だから、頼りがいはあるけど、ちょっと危なっかしい。

　だが、そんな無謀《むぼう》さや不安定なところが愛《いと》しい。この人には私がいてあげないとなどと思ってしまうのだ。

「うーん。押しつぶされるう……」

せっかく戻したシーツがうなされて寝返《ねがえ》りをうったことで落ちる。

「……まったく、放っておけない人ですね」

リーネットはまた、シーツをかけ直す。

そして隣《となり》に座《すわ》ると、静かにリックの髪を撫《な》でたのだった。

騎士団学校編　後日談　リックの去った後

「ふう。久しぶりに走ると思ったように体が動かねえな」

ガイル・ドルムントは普段《ふだん》訓練で走る山道を走り切ると、そう言って汗《あせ》をぬぐった。

クライン学園長の一件から一週間が経《た》っていた。

あの後、東方騎士団学校に蔓延《はびこ》っていた資金の着服や悪《あ》しき風習などが次々に噴出《ふんしゅつ》し、職員たちはその対応に追われているため現在授業は休止している状態である。再開まではもう少し時間がかかるだろうというところだった。

学生たちにとってはそういう大人の厳しい事情はともかくとして、せっかく授業が休みになっている状態である。外出は禁じられたままだが、これ幸いと休みを満喫《まんきつ》する者ばかりである。

そんな中、ガイルは普段の授業以上のトレーニングを毎日続けていた。

「ったく、この程度で息上げてたらリックの兄貴には程遠《ほどとお》いなぁ」

一週間前に姿を消した同僚《どうりょう》であり師と仰《あお》ぐ男の名を口にする。

その男は同僚たちから聞いた話では、仲間を引き連れなんと東方騎士団本部を攻《せ》め落《お》とし、あのクラインを軽く倒してしまったらしい。にわかには信じがたい話かもしれないが、数ヶ月一緒に過ごしたガイルからすれば「さすがはリックの兄貴だな」と笑うばかりであった。

まあ、何はともあれガイルも残る二人の同僚も無事だったし、全てが一件落着といったところだろう。

それは非常に喜ばしいことなのだが……。

「さて、部屋に戻るか……はあ、ちょっと戻りたくねーんだよなあ」

しかし、ガイルにはここ最近ある悩《なや》みがあった。

□□□

「あー、疲れた。午後のトレーニングする前にひと眠りしとくか」

ガイルがそう言いながら自室である５０４号室の前まで来ると、中から声が聞こえてきた。

「ねえ。ヘンリー」

そう言ったのは、アルク・リグレットである。

一見美少年に見えるが女である。

この女は初めて会った時から常に張《は》り詰《つ》めた雰囲気をまとっていた。いけ好かないやつだと思ったが、弟のために首席を取らなければならず気を張っていたことや、寸暇《すんか》を惜《お》しんで訓練や勉強に励《はげ》むところを見てライバル心のようなものが芽生えた。

現在は、性別を偽《いつわ》って入学していた経緯《けいい》も含《ふく》め一通りの事情聴取《ちょうしゅ》も終わり、処分が決まるのを待っている状態である。聞いた話ではそれほど厳しい処罰《しょばつ》は下されないとのことだ。

で、そんなライバルがここ最近どうなっているかというと。

「食堂を借りて作ってみたの……ヘンリーのために、よければ、その……食べてくれると嬉しい」

顔を赤らめながら、隣に座るヘンリーにサンドイッチのバスケットを差し出した。

(……誰だお前)

とガイルは内心でツッコミを入れた。

元々ちょっといい雰囲気はあったが、クライン学校長の一件以降ヘンリーに対するアルクの乙女化が酷《ひど》いのである。

「え、ぼ、僕《ぼく》にですか?」

もう一人の同居人、眼鏡《めがね》をかけた気弱そうな少年のヘンリーも驚《おどろ》いてそう言った。

「……うん。あ、ご、ごめんね。この時間じゃお腹《なか》すいてないよね。これ、弟も好きだったからヘンリーも喜んでくれるかと思ったんだけど、迷惑《めいわく》だったよね」

ヘンリーが慌《あわ》てて言う。

「いや、食べる食べる。食べさせてもらうよ」

「そんな、無理しなくても」

「違うよ。確かにそんなにお腹減ってるわけじゃないけどさ。でも、アルクが僕のために作ってくれたんだから食べたいんだよ」

「……ヘンリー」

上目づかいで少し瞳《ひとみ》に涙《なみだ》を滲《にじ》ませるアルク。

いや、だからなんだよ!!　そのしおらしい態度は!!

入学した頃の「馴《な》れ合《あ》うつもりはない。アナタたちも無理に私と関《かか》わろうとしなくてもいい（キリッ）」とか言ってた頃のお前はどこに行った!?

そんなガイルの心の叫《さけ》びを他所に、アルクはサンドイッチを一つ手に取るとヘンリーの口の前まで持っていく。

「はい。あーん」

「……え？　あの、アルクさん？」

きょとんとした声を出すヘンリー。

「えっと、せっかく恋人《こいびと》同士になったから、たぶんこの寮《りょう》にいられるのもあと少しだし、こういうことしておきたくて……ヘンリーは嫌《いや》？」

「いやいや、全然嫌じゃないよ。むしろそのすごく嬉しい」

ヘンリーは音が鳴るくらい首を横に振《ふ》った。

「じゃ、じゃあ……」

ヘンリーはあーんと口を開けて、アルクの持ったサンドイッチをかじる。

「……あ、これ美味《おい》しいね。肉と野菜を挟《はさ》んだだけじゃなくて、なんだろパンに何か塗《ぬ》ってる？」

「うん。塩を混ぜたバターを塗ってる」

「ホントに美味しいよ。これは、いくらでも食べられるなあ」

パクパクとバスケットからサンドイッチを取り出して食べるヘンリー。

それを見てアルクは嬉しそうな笑顔になっていた。

そして、今度はヘンリーがサンドイッチをアルクの前に差し出した。

「はい。アルク」

「え？」

「ほら、恋人らしいことしておきたいって言ったからさ。僕からもアルクに食べさせてあげようかなって……」

自分でやったくせに恥《は》ずかしくなって段々小声になっていくヘンリー。ヘタレである。

「……えっと、じゃあ。あーん」

アルクはヘンリーの持つサンドイッチを、小さく口を開けて食べた。

「……ねえヘンリー」

「ん？」

「嬉《うれ》しい……」

「う、うん。それはよかったよ……」

「……」

「……」

二人はお互《たが》いに顔を赤らめたまま黙って俯《うつむ》いた。

（……死ぬほど入りづれええええええええええええええ!!!!）

ガイルは砂糖を口一杯《いっぱい》に頬張《ほおば》ったかのような表情で、近くの壁《かべ》をバシバシと叩《たた》いたのだった。

□□□

パーマのかかったセミロングの髪をした、東方騎士団学校の常駐《じょうちゅう》医師であるジュリア・フェーベルトは、非常に晴れやかな気分で医務室で雑務をこなしていた。

理由は二つ。

一つはいけ好かない『伝統派』の連中たちが、まとめて更迭《こうてつ》されたこと。

もう一つは訓練が休みであるため、医務室を訪《おとず》れる生徒がいないということである。

仕事が楽ということももちろんあるのだが、怪我《けが》をする生徒たちが少ないことはジュリアにとっては単純に喜ばしいことだった。

そもそも、ジュリアが騎士団学校の常駐医師になったのは、騎士を目指していた弟の影響《えいきょう》である。立派な騎士になるんだと毎日剣《けん》を振っていた弟。よく外で剣の稽古《けいこ》をしては、怪我をして帰ってきたものである。ジュリアはそんな弟に呆《あき》れつつもの、まだ、専門知識などはない中で弟のケガを応急処置したものだった。

そんな弟は残念ながら若くして病でこの世を去ってしまった。

だから、ジュリアは怪我をしている生徒を見ると弟のことを思い出して少しだけ胸が痛む。

「こんな仕事についておいて、怪我をする生徒を見たくないなんて間抜《まぬ》けな話だけどね」

しかし、弟が死んでもう十五年か。

ずいぶん経ったものだ。早く結婚《けっこん》しろと親からせっつかれる年齢《ねんれい》になるわけである。

そんなことを考えていると、ガラガラと医務室の扉《とびら》が開いた。

「あら。どうしたのガイルくん？」

入ってきたのはガイルという生徒である。非常に大柄《おおがら》でがっしりした体格の少年だ。

ガイルは非常に辟易《へきえき》とした顔をして言う。

「いや、なんつーか……全身から砂糖を吹《ふ》き出《だ》しそうというかなんというか」

「とんでもない奇病《きびょう》じゃない」

□□□

「つまり、アルクくん……いや、アルクさんとヘンリーくんが部屋でいちゃついてて入りにくいから、休むために医務室のベッドを貸してほしいわけね」

「そうっす」

「まあ、構わないけどその前に、ガイルくん怪我してるじゃない」

ガイルの体にはあちこちに擦《す》り傷《きず》や痣《あざ》があった。

「こんくらい平気っすよ」

しかし、ガイルはなんでもないというように自分で傷の部分をペチペチと叩く。

それはそれで、非常に逞《たくま》しくて結構なことなのだが。

「そうはいかないわよ。ほら、いいから来なさいな」

そう言ってジュリアはガイルを椅子《いす》に座らせると、全体的に回復魔法《まほう》をかける。

「それにしても、授業もないのにこんなに傷だらけになって」

「でも、自分に力がついてくるのは楽しいっすよ」

そう言って無邪気《むじゃき》に笑うガイルの顔は、ジュリアに弟を思い出させた。

あの子も傷だらけになりながら楽しそうに笑っていたものだ。

「それに、強くなるためならこんくらいはしないと。むしろ、こんなくれえじゃ全く足りないっすね」

そう言って自分の手を見つめるガイル。

「……何か不安でもあるのかしら？」

「え？」

「ちょっと暗い顔してたわよ」

「そ、そうっすか？　いや、参ったな」

ガイルは頭を掻《か》くと声を先程までより低くして語りだした。

「……俺はここ入る前、地元じゃ誰よりも強かったんすよ。小さい頃から喧嘩《けんか》じゃ負けなしで、領地のチンピラたちは全員下につけるくらいには。だから騎士団《きしだん》入っても一番つええ騎士になって、沢山《たくさん》の部下を従えてやろうと思ってた」

でも、とガイルは言葉を区切って続ける。

「実際に入ってみると、俺は周りより『ちょっと』強いだけ、ってことを思い知ったんだよな。皆訓練受けてどんどん強くなっていくし、腕《うで》っぷしだけでも俺より強くて勉強もできる奴《やつ》だっている。それに……本当に上の方には、どう戦ったらいいかも分からねえような化け物たちがいた」

そう、ガイルはもう身をもって知ってしまったのである。特等騎士のクラインや自分の師匠《ししょう》であるリックのように、世の中には途方《とほう》もない強者がいるということを。ガイルが騎士団学校に入る時に考えていた『一番つええ騎士になる』というのは、そういう連中のレベルに並ぶというのが最低条件である。そこまで行かなければそもそも比べる対象にすらなれないのだから。

それは今のガイルにとっては、あまりにも途方もないことだった。いったいどうやってどれだけ鍛《きた》えればあのレベルになれるのだろうか。

「だから、怖《こわ》いんすよ。努力ならいくらでもするつもりだけど。もしかしたら、どんなに頑張《がんば》っても自分はあの人たちみたいにはなれねえんじゃないかって」

目指すべき場所があまりにも遠くにあり過ぎるから。

どんなに気概《きがい》を持っていても不安になってしまう。

「……なるほどね」

ジュリアは、ふうとため息をついた。

「確かにどんなに綺麗《きれい》ごとを言っても、世の中頑張っても報《むく》われない人はいるものね。自分はもしかしてそういう人間なんじゃないか、って不安になるのも無理はないことよ」

実際、誰よりも騎士になりたいと情熱を持っていた弟は、病には勝てなかったのだから。

「でもね……」

ジュリアは回復魔法で回復しきらなかった部分に消毒をして包帯を巻きながら言う。

「やるだけやってみる権利は誰にでもあると思うわよ」

「……」

「報われるか報われないかは分からないけど、報われる人は皆努力してるんだから。それに、不安になるのは真剣《しんけん》に頑張ってる証拠《しょうこ》じゃない。そこまで強く目標を目指せる熱い気持ちは大事にした方がいいと私は思う。精一杯挑戦《せいいっぱいちょうせん》しなさいよ、青少年。ここにいる間は怪我したり弱気になったりしたら面倒《めんどう》見てあげるから」

そう言ってジュリアはガイルに微笑《ほほえ》んだ。

あまり自分は穏《おだ》やかで可愛《かわい》げのある顔立ちではないが、なるべく安心してもらえるといいなと思う。

ガイルは目をパチパチとさせ、しばらくジュリアの方を見つめた。

やっぱり、自分に笑顔《えがお》は似合わなかったか？　などと思っていたら。

「……惚《ほ》れたぜ」

「ふぁい？」

あまりにも予想外のガイルの言葉に、思わず年甲斐《としがい》もない声を上げるジュリア。

「ジュリア先生。学校にいる間だけとは言わねえ。ずっと俺の面倒見てくれよ」

急に妙《みょう》な冗談を言い出す生徒である。最近の若者は皆こんな感じなのだろうか。

「いやでも、私大分年上よ。アナタ貴族の息子《むすこ》だし、後でもっと若くて愛想《あいそう》のいい子がいくらでも選べるわよ」

しかし、ガイルの目は淀《よど》みなく真っすぐにジュリアの方を見ていた。

……あ、うそ、この子本気で言ってるわ。

「関係ねえよ。情熱を大事にしろって言ってくれたのはジュリア先生じゃねえか」

「いや、まあ、そうだけど……」

「つーことで、明日から毎日ここ来るわ。じゃあな先生‼　怪我の手当てサンキュー‼」

ガイルはそう言って椅子から立ち上がると、意気揚々《いきようよう》と医務室から出ていった。

ベッドを借りてひと眠りするという当初の目的は、すっかり忘れてしまったようである。

ジュリアは、ガイルの出ていった方を見ると、しばらくポカンと口を開けていたが。

「……ふう。若いってすごいわねえ」

と、一言だけ呟《つぶや》いたのだった。

あとがき

皆様お久しぶりです、岸馬きらくです。

新米オッサン冒険者も気がついてみればもう六巻です。一巻が発売して、編集さんやTeaさんと苦闘しながら作った表紙が書店に並んでいるのを見て感慨深い気持ちになったのがつい昨日のようです。

コミックスの一巻もかなり好調のようで、人生初の重版もしていただきました。作画の荻野先生や漫画の方の担当をしてくださっている編集さんに感謝です。二巻は10月27日に発売になります。今回も荻野さんが最高の仕事をしてくれているので、是非お手にとって楽しんでいただけたらと思います。


そして、皆さん。

六巻にしてついに来ました。

そう、表紙にヒロインですよ。

ついに新米オッサン史上初、ヒロインのピン表紙が実現しました!!
この表紙に決定するまでにこんな感じのやり取りがありました。
岸馬「今回はリーネット回とも言っていいんで、表紙はリーネットのピンでどうでしょう?」
編集「なるほど、アリですね。でも、ちょっと不安なところが……」
岸馬「不安ですか?」
編集「ヒロインが大きく映ってると、新米オッサン冒険者の続刊だと分かってもらえない可能性があるんじゃないでしょうか」

岸馬「なるほど」

いや、んなわけねーだろ。
と思った皆様、確かに今となっては岸馬もそう思いますが、その時は本気でそう思っていたのです。
そこで、不安に思った岸馬は友人の先輩作家に相談してみることにしました。

岸馬「ちょっと新刊の表紙について相談したいんですけど」
先輩作家「うむ。なんだね、岸馬くん」
岸馬「次の巻の表紙が、ちょっと攻めた構図でして。このままいっていいか少し悩んでるんです」
先輩作家「なるほどなるほど。表紙は本の顔。神経質になる気持ちはよく分かるよ。それで、どんな構図にするつもりなんだね？」
岸馬「ヒロインのピンです」

先輩作家 「普通じゃねえか」

というお言葉をいただき、ようやく岸馬も「そう言えば、ライトノベルってヒロインピンの表紙が昔からのテンプレだったわ」と思い出しました。
というわけで、ライトノベルとして原点回帰ということでヒロインピンの表紙になったわけであります。
ただし、やっぱりそこは新米オッサンというか、完成したのはリーネットが糸を使った必殺技を放っているところで、先輩作家からは「あいかわらず少年誌のバトルものみてーな表紙してやがるな」と言われました。

この作品はこうなる運命にあるようなので、今後もこういうノリでやっていこうと思います。

それから私事ですが、ユーチューブに投稿している漫画動画『人生を諦めた美女を助けたらどうなるのか?』が四話分合わせて400万再生を超えました。我ながら中々にいい出来です。ユーチューブの視聴者の方にも楽しんでいただけたようで嬉しい限りです。

それでは皆様、また次の巻で。

Anytime I can!
いつでも自宅に帰れる俺は、異世界で行商人《ぎょうしょうにん》をはじめました
霜月緋色 著
Hiiro shimotsuki
ill. いわさきたかし
①～②巻 好評発売中!
③巻 今冬発売予定!

「小説家になろう」
四半期
第1位
異世界転生・転移
ファンタジー部門
（2019年8月19日時点）
コミカライズも
大好評連載中!!
漫画：明地雫
原作：霜月緋色
キャラクター原案：いわさきたかし

コミカライズも連載中の
スナイパー英雄譚！
漫画：瀬菜モナコ
原作：かたなかじ　キャラクター原案：赤井てら
発売予定!!
著／かたなかじ
イラスト／赤井てら

魔眼と弾丸を使って
異世界をぶち抜く！
第9巻 2020年秋

HJ NOVELS
HJN36-06

新米オッサン冒険者、最強パーティに死ぬほど鍛えられて無敵になる。6

2020年10月22日　初版発行

著者――岸馬きらく

発行者―松下大介
発行所―株式会社ホビージャパン
〒151-0053
東京都渋谷区代々木2-15-8
電話　03(5304)7604（編集）
03(5304)9112（営業）

印刷所――大日本印刷株式会社

装丁――下元亮司(DRILL)／株式会社エストール

ISBN978-4-7986-2327-6　C0076

ファンレター、作品のご感想お待ちしております

〒151－0053　東京都渋谷区代々木2－15－8
(株)ホビージャパン HJノベルス編集部 気付
岸馬きらく 先生／Tea 先生

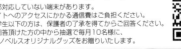